经典美文系列

悟

贪点依赖贪点爱

Tandian Yilai
Tandian Ai

■ 曹丽黎　著

如果爱不能两全其美，是否能成全一方？

请原谅我们，在情感匮乏的路上，

需要依赖需要爱。

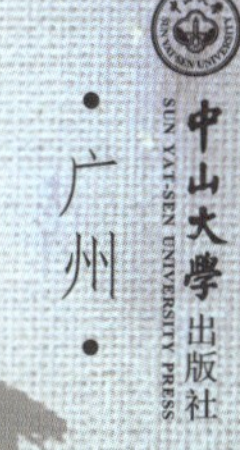

图书出版编目（CIP）数据

贪点依赖贪点爱／曹丽黎著．—广州：中山大学出版社，2017.5
（经典美文系列／悟澹主编）
ISBN 978-7-306-06033-4

Ⅰ．①贪…　Ⅱ．①曹…　Ⅲ．①散文集—中国—当代　Ⅳ．①I267

中国版本图书馆CIP数据核字（2017）第078800号

出 版 人：徐　劲
策划编辑：曾育林
责任编辑：曾育林
封面设计：林绵华
装帧设计：高蕾设计工作室
责任校对：高　洵
责任技编：黄少伟
出版发行：中山大学出版社
电　　话：编辑部　020-84111996，84113349，84111997，84110779
　　　　　发行部　020-84111998，84111981，84111160
地　　址：广州市新港西路135号
邮　　编：510275　　传　真：020-84036565
网　　址：http://www.zsup.com.cn　E-mail：zdcbs@mail.sysu.edu.cn
印 刷 者：佛山市浩文彩色印刷有限公司
规　　格：880mm×1230mm　1/32　7.5印张　150千字
版次印次：2017年5月第1版　2017年5月第1次印刷
定　　价：40.00元

如发现本书因印装质量影响阅读，请与出版社发行部联系调换。

Chapter 1

亲爱的人

时间脆弱，尘缘如微光。听从命运的安排，在相守或别离中穿行，任他沧海桑田，无情的我啊，始终是那个最爱你的人。

Chapter 2

世间温柔

在他人的故事里，我看到了自己，风雨里哭泣过的孩子，最终会成长为淡淡微笑的成熟女子。

Chapter 3

寻常日子

飞雪落花，淡茶醇酒，爱或者不爱。寻常的日子里，隐藏着那么多意味深长的事物，所有的美与温情，都触手可及。

Chapter 4

恋 物

生命渐趋贫乏，爱却一天比一天丰盈，那些爱的痕迹，隐隐约约，在空中留下了永恒不灭的芳香。

Chapter 5

餐桌上的深情

因为有了颜色，有了幸福，因此有了爱与眷恋，并且传达给你。红尘中最简单直接的表达：请你在我的餐桌前坐下来，细品我的晨光与暮色、苦涩与甜蜜，任窗外流年匆匆。

Chapter 6

走　过

天以外的天，世界以外的世界，站在满是尘土的风里，我眺望绝美景色；在错失与分离的怅惘中，我醉心于久别重逢；我离开，我远行，仿佛只是为了重新回到你的身边。

Chapter 1 亲爱的人

时间脆弱，尘缘如微光。听从命运的安排，在相守或别离中穿行，任他沧海桑田，无情的我啊，始终是那个最爱你的人。

一生可以依赖的人

星期天的清晨，我睡到9点起床，吃了早餐穿好衣服，与母亲一起上菜场买菜，回家洗菜做饭，就到了吃饭的时间。这样的早晨已经成了约定俗成的习惯，虽然说我若是一个人去买，自然会节省许多时间，但我总是拖了母亲一起去，其实主要是想让母亲走一走，和她聊聊天，看看外面的世界。

父母亲生我时，两个人的年龄加起来正好八十岁，正所谓老蚌怀珠，爱逾珍宝，加上我是七个月的早产儿，自小多病多灾，体质羸弱却又顽劣不堪，他们只怕我中途夭折，百般看护。每次上街，父亲总是让我骑在他肩上，而母亲总是紧紧牵住我的手，不让我四处乱窜。

终于我慢慢地长大，长到了父母亲可以放开我的手的时候，但是他们的目光依然像一根绳索，紧紧系在我的身上，他们规划着我的人生道路：上学、上班、嫁人……

他们不肯轻易将女儿交付给他人，于是很挑剔。

我不是叛逆的，但是我还是觉得这样的爱让我很累，我只想挣扎，只想自由飞翔。女儿出生时，已经不再年轻的我与她一起经历了生死之劫。直到今天，我还不想回忆当时的心情。在她成长的每一天里，我重复了父母对我的关注，她的笑容是来自天堂的阳光，她一病世界就变得愁云惨雾。我有点神经质地守住她的每一天，牵着她的手走过无数的日子。

她长大了，上街的时候虽然也牵着我的手，但已经不再是依赖，她已经会照顾我，甚至保护我。

父亲去世时，我在很长的一段时期里沉浸在一种低回的痛楚里，总一个人悄悄落泪，什么事也提不起兴致来，恨自己的任性与粗心，恨自己没有多陪伴父亲，朋友劝慰我说："以后就多陪陪你妈妈吧。"

父亲与母亲，他们都是善良的人。父亲医卜星相、琴棋诗画件件精通，很是多才多艺；母亲聪明能干，知书识礼，乐善好施。也许因为都是敏感细腻的人，也许因为不会沟通，总之他们吵架吵了一世。父亲仙逝后，母亲看似很平淡，她什么也没有说，却记得父亲的每一个忌日，每逢冬至等节日，总是早几天开始吃素，亲手

折叠一大包元宝，从没有耽误过祭祀的时间。

清晨，阳光透过白色薄纱，一直照到我的床头。我看了一眼手机，快九点了，便懒散地起床，洗漱，穿了睡衣到楼下。母亲早起床了，听到我的声音，桌子上便摆好了热腾腾的粥。说过多次让她不要烧粥了，随便吃点什么不好呢，可是她执意每天起早。

其实我最爱的早餐，就是清爽的一碗粥，加上冬笋香菇炒咸菜就好。我吃过早餐，换好衣服，顺便将母亲的羽绒服拿到楼下，替她穿了，拉好拉链，戴上手套和帽子，两个人就牵了手出门。替她拉衣服拉链时，心里就有类似母爱的柔情泛滥上来，我对着她说："你看你，到现在都没有白头发呢。"

母亲也笑了，骄傲地说："我去理发，店里的人都说我的头发好呢，现在比以前还黑了些。"每次送母亲去理发，我总是在店里有意无意地提起这个话题，女人总是爱美的，喜欢听人夸奖，八十多岁的母亲也不例外。

牵着母亲的手。在童年的记忆里，她的手，曾经多么大，多么绵软温暖，上面有香香的雪花膏的味道，而如今，她是如此瘦小单薄，隔了手套也能感觉到她骨骼细弱，心中涌动着的是怜爱、痛惜与无奈。

马路刚刚修完，带着她从小区边上的小路走过去，林间的小路正好合适两个人牵了手并肩走过。我认识那些新种的树，一路告诉她：这几树含苞欲放的是红梅，这些枝叶茂密的是桂花，高高的是银杏，天空中银亮的小火炬是玉兰树……她含笑听着，一路走着。

我希望能够永远这样，在每一个假日的早晨。能够牵手的时光是多么短暂，许多时候，牵手的人不得不放开手中的手，离开是永恒的主题，因为缘尽。像秋天的树叶不得不离开枝头，无论如何不舍、不忍、不愿，分别总是会如期而至。所谓永远，只是在阳光初照的早晨，草叶上露珠的莹然一闪。

所有的人都将离开，生命是个孤单的过程，牵手的人能够陪伴自己的，只是一程。

但是我会记得，手上的温暖与沿路的风景，生命因此而变得有情。

也许生活还另有真相

从茶人邨回来。此前去喝过茶，只是饭后的闲坐闲聊，并没有细看，只知道几杯茶贵过了一桌酒，觉得不值。

这次落落相邀茶人邨，由领班小惠领了各处细细看了，果然不是一般的精致，桌椅板凳皆是船木所制，黯然的黑与拙朴，犹如经年的海浪尚可触摸，让心莫名地惊涛掠起，而慧看了它们，却说只觉心安。听说一只放台灯的小木凳就近万元，那样的奢华，看上去却不动声色。

墙边所用是年代久远的梳妆台，雕工木料亦不寻常。在镜前拍照，看到镜子里自己影影绰绰的身影，恍若惊梦。镜中又是哪一个年代的我？是否真的曾经在这样细腻、坚硬又冷漠的家具前珠泪暗潜？

茶具、灯具皆不俗，连一个烛台、一个手工银制烟灰缸听说也来自异域，看得到敲打的痕迹。灯光清淡，整个环境安宁平和，除了我们，并没有什么客人。服务员一色美女，悄无声息。郇主甚是细心，给茶客每人准备了一个很小的茶叶盒，我盒中的茶正是我喝的那款“冰雪美人”。

这样的环境像一杯水，很容易让人舒展开来，如壶中经了烟火日月的花。

就这样说到感情与往事。佳怪我：这么多年的朋友，怎么从不对她说什么？我道：我习惯了一个人面对。其实与佳感情并不差，昨天她跑来看我，拿了个宝蓝公道杯给我；我特意切了新鲜柠檬，泡粉玫瑰给她喝。多年来都是这样，淡而随意。而她却不止一次埋怨我不够朋友，因为我不爱说到自己，从少年到如今。

霞从年轻时起就不问我这类问题。这是一种更深的体贴与懂得。上午我与她一起爬道场山。上一次爬道场山还是在高中时，我没留下很多记忆，只记得爬得辛苦，还有一个场景是大家站在山口吹风。当年我是个瘦弱的女孩儿，弱不禁风的样子，每年成绩报告单上老师总是希望我去掉娇骄二气。

车停在山脚，石板路已经破碎，经历了怎样的风

雨如磐，才能碎成这样？偶然，某个石阶上可以看到莲花——小小的一个图案。青苔淡淡的石阶上，刻有莲藕、莲花、莲蓬诸物。这些生命里最小的温柔细节，让我的心一下子变得柔软起来。再往前，绿荫里正红明黄的庙宇豁然眼前。

没有烧香，也没有膜拜，我低头走过佛的脚边，馥郁的香火味绕过额前，有如佛的衣袖。如今我不敢再向佛祈求凡俗尘世里的心愿，要给我的已经给我了，还有什么可以贪心？也许生命里还有另一种真相：读佛经是因为内心的纷扰，僧尼曾是世上最深情的人，而这样低头走过佛前的人，内心早已经跪在尘埃。

有时候爱也是错误，有时候无心也会伤害，而这一切，都可以轮回。那时学围棋，棋尚未学成，先喜欢与人打劫，只缘喜欢三个字——“生死劫”，觉得玄机无限。这样舍本求末，果然只学了个半吊子，不了了之，当与我同学的成了高手时，我仍翻腾在那个“劫”中，可见我本是个没有全局观念的人。

上了山顶时才知道，原来道场山上看了多年的塔，居然是名声在外的多宝塔。最早知道多宝塔是在小学字帖上，后来知道多宝塔在湖州，却不知原来就是它。人世间有多少错过？在塔下仰望天空，空明澄澈，塔尖白云来去自由，无垢无碍。想起一偈：“一切有为法，如梦幻泡影，如露亦如电，应作如是观。”这样临时抱佛脚地想起，原不是为了佛的佑护。佛法其实是广大的、仁慈的、舍我的，是舍而不是得，所以让人未求佛就先自惭起来。所以，不求也罢。

有人曾经这样问我：你给自己的内心留了时间与空间了吗？

想一想，前天去了罗卡，昨天爬山了，今天喝茶了，明天去临安。时间满满当当，不再有空隙了吗？好像不是。我每时每刻与自己同在，在时间的流逝里看到人生，所以不需要整块的时间来沉思默想。无论怎样的逝去，在我心中全是好的记忆。不用再回头，也不后悔，不过是花开叶落，云聚云散。

岁月无边，我们是匆忙的过客。

谁能回到往昔的山中

星期五下午，我一个人走在九华山下九华街最偏僻的一角，四周静静的，没有一个人，高处院落里玉兰花开得纯洁烂漫，仿佛是天堂里失落的雪色火炬，亦如初恋。远处山顶寺院沐浴在斜阳里熠熠生辉。顿时我就失去了时空感，感到一片茫然，想到世事变幻，无从把握，这句话就突然间跳出来：花开见佛，福慧双全。

这是我在新春收到的祝福短信，而现在我与整个旅游团走失，一个人带着相机到处乱走。当然，我有电话，但我很愿意与我的生活、我的世界暂时分离一会儿，这样四处问路，像在叩问未来。

我们是中午到的九华山，饭后索道上山，然后沿陡峭的石阶再往前。我是个没用的家伙，不认识路，偏在刚下山的时候就拉伤了肌肉，奇痛无比，随后的行程一下子变得艰难，特意穿上的登山鞋沉重而笨拙，相机也很沉，人像螃蟹一样横着一步一步挪下山来，最后终于掉了队。

在这样困顿的时刻，无比向往一只坚实的手臂。也不是没有人理我，同去的同事好过姐妹，蹲下来替我按摩，替我系鞋带，一次次要替我背包背相机，一次次停下来等我，但是我怎么忍心？她们也全是累得气喘吁吁了，况且，一个人的路，说到底是要自己走的。

是啊，这样独自走一走、想一想多好啊，只是和自己在一起。站在九华山绝顶，天风浩荡，洗涤尘心。眺望脚下，万丈红尘已经离自己那么遥远，而我一次次跪在佛前祈求的，仍旧全是喧嚣尘世间的凡俗心愿。

我只有三炷清香，却如此贪婪，求了那么多，佛听见了吗？

我要我的亲人平安健康。我要我爱着的人、曾经爱过的人和将来会爱的人幸福快乐。我要我的朋友安宁喜悦。我要寒冷的人温暖，我要下坠的人飞翔，我要想回到从前的人看到将来。

我默念着心中的名字，在缭绕的香火中对佛说出我的祈求。在我身边，挤满了同样喃喃私语的人，各种心愿，也一定都在默默说出，我们都相信佛会听见，并且

会一一满足我们。

最后我想到自己，我又要向佛求什么？我犹豫了一下，虽然我已经拥有那么多，但还是想要一个安详温暖的生活：母亲健康长寿，女儿健康成长。我还要在天堂的父亲喜乐。想一想我又笑了，我为我自己要的仍旧是亲人的平安健康，她们是我爱的人。

现在，我坐在电脑前，一低头就看到了手上的菩提手串。菩提无树，那么它又从何而来？我细细端详：每一颗都是不同的，有不同的斑纹，但又是如此相似，一样的圆润明亮，它们多么像看上去破裂过却依然完美无瑕的心。我喜欢它的样子，我觉得它像我。

昨晚在网上看到夏加尔的画，是两个人的相携而飞，有一种高于尘世的安宁喜悦。我年轻时曾在梦里一次次那样飞翔，轻若微尘，迎风飞扬，人世间曾经熟知的一切——屋顶、河流和小时候种下的树，在脚下一一掠过。我记得以前我有过纸质的图片，现在再看到它，恍如隔世，居然一时无从想起。如果再看到那时候的人，会不会也如此？

我近来老是对人说，人生苦短——一次又一次自觉不自觉地说。我想，我是不是在祈望永恒？是不是因为知道时间太长，我却无从把握而在勉强自己？突然想起席慕蓉的一句诗：让我回到往昔的山中。

山中虽好，我却注定是红尘中的历劫人。

我所向往的乡村

二十多岁时写诗，有一首《向往》的第一段写道：

鸭子们穿过河滩回家

河流变得寂静

青草的气息　向晚的草坡香气袭人

我无限热爱的生活

我所享有的温暖与光明

静静等我　像草垛在门前不露声色

近来读朋友写的书，看人家回忆乡村生活，不由想起年少时的诗来。那个时候我住在小镇，离乡村很近，离乡村的生活又有一些距离。看到的全是美的那一部分。悬挂在老墙上的镰刀、堆在屋角的农具、油漆脱落的木格窗、有红艳艳火苗的温暖灶台、堂屋里晃动的灯光、灯光下晃动的影子……全来自小时候奶娘家的温暖记忆。

我是个慢节奏的人，喜静又怕陌生，也许是适合乡村生活的人。只可惜适合的也只是浮在面上的乡村生活，做农活怕是不行的，所以也只配在城市里想念无边的油菜花开和绿瓦灰墙前开得正好的桃花。

老家的房子离我现在的住处不过二十分钟的车程，是祖父造的。父亲是独生子，年轻时外出读书，参加工作，一直没有回去，那些房子塌掉了的比剩下的要多，家里的橱柜物件和家后面大片的竹林一样，早已湮灭。如今家里有一只老首饰盒子，放置着老珠花、银锁银镯之类，也许是祖父母留下的。

父亲留下的圆桌，背面写着三个黑色的毛笔字——“春和堂”。这也是女儿最早认识的字，那时她刚满周岁。

现存的房子还在塌，像风烛残年的老人，一路破败，不可收拾。前些天去过，东边的砖瓦又在慢慢地往下滑，然后落在地上……我一直有心想拆建一下，但人事纠结，我本不是能干的人，只好眼睁睁看着它一路破败下去。

像面对一个难圆的梦。

还记得在诗的结尾，就那么继续做梦吧：

一生的梦境为乡村所覆盖

在这里　幸福朴实得不知不觉

我们在饭后计算收成

在雨天休息

夜幕初落时田歌四起

心底伸出的手紧握爱情

在乡村　我们爱得平凡又真实

在年轻的时候，我好像要得还很多，而如今，一杯清茶、一壶淡酒便可消磨半生光阴。

珍惜匆匆老去的世界

电脑中以前的一个文件中，许多文章突然打不开了，系统提示打开文件的方式错误。我呆呆坐在桌前，搞不清究竟是什么错了，就像一个谜语，谜底不详。

也不知说那句“也无风雨也无晴”的诗人，究竟经历了多少风雨，才能让他最终淡然地面对漫漫人生。这个文件夹中的一些文字，是我几年来内心历程的记录，是最接近心灵与真实的部分，我从不轻易打开它，只是静静地记录，然后封存起来，希望它在时间的尘封中慢慢发酵，酿成一坛醇香的酒，到老的时候，在冬日温煦的阳光下，坐在我古老的书桌前，轻轻打开它们。如果没有那些时候，也许眼泪与忧伤都会离我很远，只剩下淡淡的阳光与微笑。

只是它们突然蒸发，像长了翅膀一样无迹可寻。

也好。记忆是个并不可靠的东西，有时候与实际并不相符，许多不想忘记的东西，其实还是忘记了更好。电脑中满满的、看得见的全是以前拍的照片，打开来，那时拍得惊喜交集的，如今看来再平常不过，像时光的碎片落了一地，全是记忆。我是个不舍得丢弃旧物的人，拍得有些模糊的照片也存着，也许已到了该清理的时候了。

狠了心一大片一大片地选中删除，想起的全是拍照片时的情形，那些春天的清晨与秋天的傍晚，我拿着相机在临水的堤坝上和台风来临的长桥上奔跑，风拂起长发，乱乱的。

许多时候，记忆是需要拐杖的，也是能轻易抹去的。没有自己的照片，很好。时光无痕，只流过那些流霞、油菜花、湖水，我在这一切之外。

看望朋友，始终不敢单独去，怕自己无法面对她。看着她失水的植物一样憔悴下去，却说不出一句劝慰的话。她曾经是一个多么美丽快乐的女人，只是最初的美与好要保存到最终，又是多么难。承诺到永远的诺言偏偏被背弃，天空下陷，河水干枯，想要守信的人，只能独对一盏孤灯。

我在青海看到一条倒淌河，河水向高处走。虽然“门前流水尚能西”，但是离去的生命，无论有多么不忍不愿不想，却永远没有归路可循。明月清空，桂花中秋，连思念也不能成双，说不成那一句：只愿人长久，千里共婵娟。

想来神仙眷侣也未必比得上庸常夫妇，柴米油盐，磕磕碰碰，平平淡淡，便是一生，甚至于争吵、怨恨、分手，也强过半世追寻。

纳兰道：情到深处情转薄，如今真个不多情。要无情，又谈何容易？他自己就情深不寿。

与一个很久以前的朋友聊天，多年前他曾经援藏，他问我到西藏的感受：“你觉得西藏和内陆最大的差异是什么？”

我说：“纯净，高远，心仿佛可以随时飞翔。”

他说：“自然的力量，时空的力量胜过一切，人在那里感觉如此渺小，我们只有崇拜和服从的份。”

我站在珠峰一号大本营附近仰望珠峰，俯首踢着脚下的任意一颗鹅卵石的时候就这样问过自己：“我头上、脚下的任何一件都是自然所拜赐的，都有千万年历史，

却依然如此沉静，我、我们，算什么？”这样强烈的感受至今25年了，却仿佛就在昨天，依然在眼前。

我内心微微震撼，我到西藏，看到的仅仅是自然之美，而他生活在那儿，经历了我所不知道的许多，这一切在他的生命中刻下了深深的印迹。

银杏长廊变成一片金黄的时间，会是十月底吧？树真是奇怪，往往是幼小的、年轻的树先知道季节的变化，春天的时候先萌芽，秋天又先黄了，沉不住气的样子。

人就不同了，我已觉秋意渐浓，女儿却浑然不觉，仍然要开空调，吃冰激凌，如此种种。

唯有时间安静不语

霞的同学红是位虔诚的居士。早上由她先生开车，我们跟着他们去了安吉灵峰寺。

车子在密林间的小路上穿行时，薄薄的天光从高高的老树间泄下来，四周安静而空濛，心里突然有所期待。

车子开过一片密林后，终于到了灵峰寺。始建于五代后梁开平元年（907）的寺院，古木林立，香樟、青冈、枫香、苦槠、麻栎、朴树、天目木兰、鹅掌楸等树木浓荫蔽天，特别是山门口一株古银杏，已经有一千多年，红尘中的世上千年，在这深山古刹中，又是几日？

红的母亲住在寺院许多天了，老人家神情清明，看到我们过去格外高兴，说这几天寺院正做佛事，她领了我们到处看，并嘱咐我们吃过午斋，下午看一会儿佛事再回。

据介绍，自义磷禅师始创灵峰寺后，这里便名僧辈出，宋有仲贤，元有如月、东拙，明有朗性、石峨、蕅益大师。诸多禅师创就的佛教理论在佛教界占有一席之地。

也是机缘巧合，寺院深深处安放蕅益大师的舍利塔的院落正好没有锁上，我们便进去参拜了。

用过斋，我们三个女人坐在廊下闲聊，阴天，山间的树风声细细，稍稍有点冷。几只小到了极点的鸟在树叶间跳动。我们慢腾腾地说话，没有时间，没有空间，没有了对方，也没有了自己。远处的声音细如竹叶，树枝与重檐间黄衫隐隐，我们只是这自然与空间中的一部分，如林间的一棵树，因为风而发出自己的声音。

下午，念佛堂里传出一片悠扬的诵经声，我们坐得远远地，看念佛堂内影影绰绰的僧衣，想来这是一场盛大的佛事，听说整个过程要二十一天。

红尘中执迷不悟的愚者我，远听梵音悠扬，只觉得心境澄澈，微有欢喜。幸亏没有带相机，不然我会克制不住跑去乱拍一气的。一是不妥，二是也不能这样平心静气地坐着听经了。

如果再去安吉，我会再访灵峰寺。

回廊下的禅茶

吉日吉时，跟了慧姐姐喝禅茶去。一路行行于江南乡村的初夏景色中，平缓的山、安静的水，一大片一大片油菜已经结籽，连空气也是温和清凉的，一切宁静得让人心安。栖贤寺隐逸在红尘之外的妙西山间，聚在一起的高僧大德、信众男女，皆只因一杯茶的因缘。

于千万年间、千万人中，遇见一杯茶。遇见茶者与禅者，没有早一步，也没有晚一步。所以，我相信我是那个佛愿意度的有缘人。

虽然事先知道会有许多人，但还是出乎意料，一眼看去，茶香氤氲中，名流通儒与乡间草民相间而坐，不由想起众生平等这句话来，心里慢慢地滋生出茶的清爽和禅的微喜。

坐在简陋的回廊下喝茶，初夏的阳光透过树叶的缝

隙洒到每一个人的身上，天空澄明，心无一物。但说到底我还是红尘中的好事者。坐了不一会儿，就拎了相机东拍西拍，爬上攀下，我穿夏衣额角尚有汗湿，师父们着长长僧衣或端然而坐，或翩然而走，却是衣履轻盈，不沾尘埃的样子，特别是坐在骄阳之下的几位，不急不躁，清静若水，让我不由暗自佩服。

栖贤寺正在修复中，一砖一石、一木一土，皆是不易，在建造了一半的寺院前，香烛缭绕不去。遇见以前一起写诗的朋友，居然成了虔诚的居士，画得一手好兰花。他让我去后院楼上壁上看他画的兰花，我便一个人跑到后院去。

站在后院的木楼梯下，突然痴想：如果有一轮明月、半窗梅花，与朋友围坐在这样古刹的廊屋下，梵香一炷、古琴一曲、禅茶一味，如何？

平凡日子慢慢过

参加一个朋友孩子的婚礼。鲜花与蕾丝搭起的长廊下，玫瑰花瓣铺了一地，香槟、红烛、蛋糕。烛光里美丽的新人让人感动。他们的那句“我愿意”几乎是喊出来的，带一点孩子气的认真。我们这一桌，全是多年的朋友: 女友及先生们。曾看着孩子长大，正好又在音响下，听着震耳欲聋的这一句，全笑了。

多么真诚与纯洁的声音，刹那间冰山映衬着雪莲花，牡丹在陌上初开，我们也曾这样年轻过吗?

是啊，也曾这样年轻，这样美丽与意气风发，这样洁净与认真。我们彼此，见证过我们的青春——几乎是一样的青春。时光容易将人抛，凋落在时光里的花朵，给我们留下了丰盈的果实，青春的芳香也隐约残存在空气里。

桌上的朋友，如今境遇各不相同，却彼此相知：看似一路顺心的，曾经路途坎坷；笑容流畅的，生命之弦曾微弱得不成曲调；柔弱的其实坚强；美丽的也曾憔悴过……生命的好，在于我们能够回忆起当年纯洁的美，也能看到如今历劫人生之后更加明亮的好。

懂得退让，懂得宽容，懂得与生活讲和，更懂得珍惜生命里的美与好。喜悦来自内心，像烛光照亮我们不再年轻的脸。

总有人说女孩子是一张白纸，那么，女人的经历便像痕迹留在了白纸上：经历得太少太单一的女人未免单调无味，一味是明亮色泽也失之俗艳，就像一张没有层次、线条单一的画。但是说心里话，我宁愿做一个傻兮兮的单纯快乐的人，只是生活是不能由自选择的。而有太多灰暗经历，曾经历太多苦痛，太深刻，就会像整张纸上涂满了深厚的颜色，少了色彩与留白，也会太过沉重与灰暗，算不得好画。

经历是不能选择的，做女人，怎样才恰到好处？如何做到内敛沉静却又晶莹明亮，绝不狂妄却保持内心的骄傲？如何疏密得当，收放自如？如何保持善良的本性却绝不姑息迁就？

我不知道。我只是放慢了行走的速度，慢慢走自己的人生，顺便看看沿途的风景。经历也许会让我沉静下来，那么，慢慢走吧，然后慢慢老去。

希望一直有着今天这样喜悦的心情：看到鸟儿在天空飞翔，看到老树干上绽开的新芽；更莫说看到孩子们喜结良缘和花开在枝头了。

善良是天使的翅膀

到浙北米兰购物，偌大一个停车场居然车满为患，绕了一圈终于在边上找到一个车位，歪歪扭扭地停下了。从超市出来时夜色渐起，黄昏像细细的黑色薄雾弥漫开来，我推着满当当一购物车杂物有点后悔：不知不觉又买得太多了，好重。

购物车停在栅栏口，看离我的汽车还有不近的路，我发了一会儿呆。在这当儿我的购物车边来了一个小孩子，六七岁的样子，夜色中分不清男女，衣服又脏又旧，很瘦，眼睛特别大、特别黑。这么亮的眼睛，也许是个女孩。她一点也不怕生，响亮地叫我“阿姨”。

我反应不过来，有点窘，而孩子的注意力已经全部放在了车上的物品上，她用手扳着购物车车把，全神贯注地看着里面的物品，喃喃自语：“西瓜、橙子、果冻……”

我有点为难：提了东西走吧，我一走开，车里还有许多东西，小家伙拿了就跑怎么办？要是不走吧，又不忍心赶她走。

又待了一会儿，小家伙丝毫没有想走的意思，我只好先拎起两个马夹袋向我的汽车走去，心想，反正也没有贵重的东西，孩子也可怜，想拿走点什么就随她吧。

刚走了几步，身后传来了清脆的童音："阿姨啊，我帮你看住车子啊！"

我回头看她，笑道："好啊，谢谢你，小朋友。"

等我在后备箱放好两个马夹袋，又回到购物车边时，小家伙正认真地守在车边，旁边又多了两个稍大些的孩子。小家伙道："阿姨，我帮你看着呢。"我很惭愧：多好的孩子哦，我居然以成人世界的小人之心防备她呢。我笑着摸摸她毛茸茸的短发，说："谢谢你！"顺手从购物车中拿出一瓶纯净水递给她。

她狂喜，不知道怎么开心才对，一个劲地说"谢谢"，抱着那瓶水就像抱着宝贝。

我看到另外两个孩子羡慕的目光，也拿了两瓶给他们。

我又拿起两个拎袋，向我的汽车走去，购物车上剩下一个大脸盆，里面装满了瓶装纯净水，我听见身后三个孩子还在说“谢谢”。

打开车子的后备箱，将东西往里面放，一低头，三个小家伙已经将沉重的大脸盆抬了过来：“阿姨，你的东西！”

一脸盆的水很重啊！我感动得一塌糊涂，还来不及道谢，小家伙已燕子一样哗地跑了开去，等我从袋子里取出三包果冻，追到广场，别说三个小孩子，就连我的购物车都不见了踪影。

空空的广场夜色四合，远处传来母亲呼唤孩子的声音，仿佛只是一个梦里的场景：天使降临。这三个纯洁的孩子，让我的心变得慈悲而洁净。

云间烟火是人家

借了出差之便到的新昌。正值乍暖还寒天气，陌上花初开。雨时断时续，雨与雨的空隙间，云层像一把灰色的大伞罩定这一路山水。在路上走着，也不知什么时候雨点会哗一下就来了。极好的空气与景色。因为天阴欲雨，所以一路行去几乎没有游人，我们稀稀拉拉的几个，就成了这无边美色的主人。

我是个没有时空感的人，对于新昌，只知道一个大佛寺，其他一无所知，而那个大佛寺，我想可能是从天气预报里听来的，所以才会下意识地跳到嘴边。当我站在1600多年前的佛像前，仰头看代表未来的弥勒大佛时，心中涌起的却不是信徒的虔诚，我呆呆地看着佛悲悯的眼睛，他仿佛只是在看我一个人；即使换了角度，亦如此。那么，佛，你知道我心中的困惑吗？大千红尘中，你是否看到了我内心的挣扎无奈？是否在你面前，我才可以打开我坚硬的壳，将柔软的内心放在这儿？

佛仍是悲悯地看着我，什么也不说。我知道，所有迷途只在我自己心中，佛不度的是无缘之人。那么佛，我还要像这红尘中所有的女子一样，贪心地祈求：我愿意将一生的快乐铸成一朵洁净无垢的莲花，呈在你的脚下，而求得我生命中爱与珍惜的人平安、健康与快乐。

是夜，一夜密雨。酒店里空调暖到让人不耐。电脑开着，咖啡香着，昏昏的灯前只我一个人在工作，很久以来，已经没有如此清静过了。所有前尘，皆为云烟；所有未来，想来也不过如此，心就有些微的隐痛。给女儿打电话，远远听着她甜蜜的语音，心一下便温暖起来。

气象预报说第二天暴雨，清晨起来，虽然没有阳光，却也并没有下雨。不是最好，但已经很幸运了。

去了一个峡谷，山水清奇，很适合隐居的地方。我因为拍照落在了我们这个小团体的后面，所以，这样清静寂然的世界，仿佛只有我一个人。山水的好处，不是笔墨能够描述的，说起来只是空气清新，景色宜人而已。

而这样的山水，让人心境安宁。那么，那红尘中的种种，就暂且放开怀抱吧。

满山积雪里梅花如烛

最是长夜无眠时，卧看飞雪，渐满窗纱。如此清冷的欢喜、更深的寂静，仿佛听得见雪花站在窗台上，轻轻收敛翅膀的声音。及至在一片白茫茫的晨光中醒来，窗外是一片奢华到极致的白，晃得人眼睛惊喜地痛：落雪无声，是否有隐约的香覆盖了寂静的世界？兰若古刹，是否已经有最清净的梅花在开放？

果然。那天踏了雪去山间的栖贤寺吃年夜饭，说是年夜饭，却是在中午，想必是慈悲的决定，如此大雪，更宜午宴。去时，掩藏在绿竹丛中的寺院在扩建。记得去年禅茶大会来时，正是盛夏，院墙中间一棵参天大楼，挡住了许多暑气，转眼时光如电。

再往里面，到了正殿之外，蜡梅花开得正好，白雪衬着，精神抖擞，呵呵，踏雪寻梅，如何又比得上古寺邂逅？来来往往的人，说是信佛，所求为何？不过是名利富贵。佛在殿中，想必多是悲悯。亦有信口开河夸夸其谈者，自认是虔诚信佛，离佛远甚却沾沾自喜。我算不得佛教徒，却爱寺庙的清静与佛教的宽广、时间与世界的远离。对于我，佛就是古寺那树梅花，自然而明亮，开得自在，谢也无碍。

住持愈见清瘦——扩建寺院，四方化缘，想必自然不易，却面带喜色，沿袭民间称呼，一直在叫我们这个那个姐姐。餐厅里素宴摆了十来桌，我们团团一桌坐了吃。一向觉得素斋好，年夜饭自然更是好，且不说。

吃过饭，有贪念的我又拿了一大包寺院自做的洗沙回来，到单位又送了一半给同事，贪是因为爱：带回来的一半想做八宝饭，算是替母亲与女儿带回了寺院的年夜饭，希望她们能平安健康。回来的路上，雪停，风歇，竹林间有野鸟飞翔。原野和村庄在雪中显得温暖而宁静。

“玉阶空伫立，宿鸟归飞急。”回来后雪又下，又是一夜，又一个清晨，雪积起来，世界重新回到最初。那么，是否可以回到从前？那时天还很蓝，空气清新，满世界的雪，我还很年轻，在园中扫雪，等待梅花开放。

长的是时光　短的是人生

姐姐打电话问我去不去寺庙时，我正在忙工作上的事。我能力差，要做的事偏又似乎千头万绪，所以，飞一样放下手中的工作，请假，换下制服，和同事交代了一下就走，仿佛是在逃避。

长兴寿圣寺。寺院洁净空阔，老银杏映衬着蓝天白云，叶梢已经微微泛黄，阳光明净，小风微寒。品禅茶用素斋，敬佛烧香，仿佛一切从头开始。

有幸看到唐代的佛舍利，晶莹剔透的淡绿，在深秋薄淡的阳光里圣洁无比。世事纠缠路途遥远，所以生命的底色变得黯淡；内心尘土渐渐堆积，浮云遮住了月光，所以目光短浅……如何能让我解开束缚，看见空阔的云天？如何能让我重返内心的纯净，像最初来到这个世界？也许，我注定是红尘历劫人，一生要为爱羁绊，难脱苦海。

大和尚说："茶是水中君子，酒是水中小人。"

我记下了，却笑道："我爱君子，也近小人。"世界上的许多事情好像并不由自己掌控，而事实上，当天晚上我并不想喝却仍然喝了酒。

说到素食的好，我也道："终年吃素食的人，连面容也是清爽温和的。"而我却爱吃一切美味可口的荤菜。一味地吃得自己肥而俗，如此而已。

说到放下。我在想，我有什么放得下的呢？就像过了河，我仍然在背着我的船与桥在走路。

晚上回家，对着茫然的夜色又想起，究竟什么才是永恒不变的？什么又是我们自己可以把握与拥有的？好像真的是没有。我们伤害了爱自己的人，又被所爱的人伤害，爱得越深，伤得越重。

时光迢迢，我们追忆往事时，惊讶地发现，所有的曾经，已经成为碎片。同一件往事，各人记得的片断各不相同，真实已经湮然而灭，不知去向。

终有一天，我们会与深爱的人别离，亲的人、爱的人、喜欢的人、偶遇的人、陌生人，最终又有什么区别？明知道后面会有那么多的不舍与痛，我们终是不能不爱，

不能不喜欢。

女儿走到我电脑前，道：“妈妈我睡了啊，你也早点睡啊！天冷了。”她亲亲我，走了。

突然无限依恋这样的时光。转眼她就长大了，世界开阔而美好，她会有爱的人，有孩子，有同事，有更多的朋友……这样当然好，但她将属于更多的人，有更广阔的世界，属于我的部分会越来越少，我却会越来越老，我的世界也会越来越小。

走到她床头侧身躺下，笑嘻嘻道：“妈陪你睡着吧？”毕竟还小些，小家伙开心得在床上打滚，然后吊在我脖颈上，在我耳边絮絮叨叨说些学校的事，吹得我耳朵痒。

终于睡着了，静静地看着她可爱无比的睡容，打开了窗，明月如洗，世界宁静。

所谓相思成疾

女儿在画室打电话给我，说感冒了，听上去瓮声瓮气的。我还没来得及问，那边又急忙解释："没事的没事的，只是有点鼻涕，喉咙也不痛，也不咳嗽，也不发烧，明天就会好了。你别告诉奶奶，她会担心。"

于是，我整个下午神魂不定，时不时地打电话发短信，问她怎么样。

她总是说："好多了，快好了！"

傍晚时又发短信给她，还是像祥林嫂一样问："好点了吗？还好吗？"

收到的短信是："睡觉觉。"

"睡觉觉"三个字有点娇憨又令人担忧，因为她这次没有说好多了。

又发短信再问她："感冒好些了吗？"

那边回答是："妈妈你别担心，我睡觉觉呢。"

遂不敢再骚扰。我一向神经质，此夜便一夜乱梦，梦见去世的父亲；梦见有几条狗追着想咬我；梦见洪水滔天，我却无法赶路；还梦到孩子学校的老师打电话来，我问孩子怎么啦，那边却是沙啦啦一片，什么也不说……惊醒时一身的汗，窗外曙色初现。怔怔坐了一会，又是担心，因为孩子有哮喘的宿疾，虽然好像已经好了，但是那些惊魂的往事，还是在我心中留下了很深的烙印。

坐在那儿，胡思乱想，又想到前两天的一场误会。她每天也最多给我打一个电话或者发个短信报个平安，说打多了会想我，影响学习，老是关机，让人纠结不已。聊天时也说起一起读书的姐姐都有了男朋友，天天给男朋友打电话什么的，我问她："有没有男孩子给你打电话？"她老老实实招认说，以前同桌的小男生给她打过电话，一个。她也给那个小男生打过，也一个。又说："普通同学。"

因为同住的女生有的太叛逆，所以我一直悬着心，去了才十天左右，打电话过去，居然停了机！我明明给她的手机上打过200元的呀！这么快就用完了？又是给谁打的？

我一时怒急攻心，不分青红皂白，一个电话打到她同学小莲花的手机上，让她听电话，问她到底和谁打的电话。她在那边呐呐地说不清楚，我又急又气，一时歇斯底里大发作狠狠凶了她一顿，也不让她辩解，说完就挂了电话，然后一个人坐在办公室落泪。

下班前她用小莲花的手机给我发了短信。她情绪低落。说，我哭了一个下午。说，我现在喉咙痛，但心里更痛。说，我怎么解释你也是不要听。说，你绝对不知道我爱你有多深。说，对不起！

我突然很心痛，发短信告诉她，下班后会给她的手机充值，然后再跟她谈。她发短信过来：嗯。在给她手机充值的时候我突然想起：上次我给她打的 200 元电话费是一个套餐，是分 10 个月返充的！我错怪她了！

后悔莫及。为什么不肯相信她？我这样爱她，为什么又这样粗暴无礼地伤害她？不能好好说吗？为什么不能用点时间听听她是怎么说的呢？虽然孩子知道情况后没有怪我，但是我很对自己失望，我希望以后不会发生这样的事。

星期三清晨，小家伙打电话告诉我，说是有点发烧，又急急说："你别来了，我没事的，葛姐（财务老师）说中午陪我去医院。"

我问："体温多少？"她说："38 度多。我还好，

你别担心。”

上班后在办公室做思想斗争。清晨就 38 度多了，下午呢？那边几乎全是孩子，谁会照顾她？她吃的又是什么呢？去接她还是让她继续待在那边？要是晚上发高烧怎么办？

突然下了决心，接她回来，在那边生病，本也学不了什么，顾不得难为情打电话给朋友，让人家马上替我跑一趟。然后打电话向她的老师请假。

到转塘时 10 点多，到宿舍看到她一个人躺着，正在量体温，问她体温多少，说是 39 度多了。

又告诉我说，昨天到今天没吃过东西，扫地阿姨送了一碗稀粥来，喝了。又补充说：想和她要榨菜的，不好意思就没要。

车子在高速路上堵车，到家时已经快 2 点了。正午的太阳又酷又热，怕她出去中暑，我决定让她先休息一会儿，太阳下山再带她去医院。

下班回家时看她体温居然退了，对她说：“怎么一回家，没看病就先好了些？”

她笑嘻嘻地说：“我是相思成疾。”

会画画的禅师

因缘际遇，认识远道而来的 73 岁的老和尚，说来蹊跷，他的法名也是他出家前的俗名。

我虽偶尔看些佛经，也曾走过些寺院，但释家青灯黄卷的生活，对我来说还是又遥远又神秘的，和僧者的交流更是第一次。在酒店大堂坐着喝茶闲聊着等，一会儿朋友说："师父他来了。"

我回头看去，师父土黄色的僧衣洁净缥缈，双目微垂，气度儒雅，手中执一拐杖，身边一侍者（后来知道是司机）扶持，有淡定更有书卷之气，如一幅失却年代的古画，自然有一种氛围。彼此微微躬身见过。

我向来怕生，这样的时候更怕多说话露出我的孤陋寡闻来，便不太说话，所谓藏拙。师父倒也健谈，说佛法，也说红尘中事。席间我们吃荤他茹素，我们喝酒他品茶，

彼此相安无事。

听他说得最多的便是缘字，是呵，万事因缘而起，缘尽而灭，如朝花夕露，是半点也勉强不得的，我们总说“随缘”二字，但要做到万事随遇而安，能得失随缘，心无增减，又谈何容易?

因知道师父出家前曾师从名师，本是教国画的大学教授，因此便觉亲近了些，加之朋友因事先行告退，而我酒意微醺，说话便渐渐放诞，说佛说道，说画说书，信口开河，师傅也不以为忤。让我感触最深的是，说到做和尚，说到弘扬佛法，师父却淡淡地说：“做和尚啊，也要有本事，也要有钱，也要有关系。”

我惊讶道：“佛门乃方外之地，怎么也讲这个？”

师父含笑道：“其实人都还是尘世间的人啊。”

我会心微笑，如见满天飞花，心下了然如明镜：这纷繁世间,红尘万丈,能够清静的地方,怕也只有心间了。

分手时，师父让司机倒车取了他的画册与一本传记给我，道：由此可见过去的我和现在的我。又道：过些天我有个画展，你和某某（朋友）一起来看吧。

灯光明亮，大街上来来往往的都是人，师父的僧袍被风微微吹动。

雪夜一杯茶

衬着夜的黑，窗外的雪细细的，却又密又乱，在灯光下闪闪烁烁，舞得又寂寞又热闹，隔了窗也能看得到风的冷。屋里却暖融融的，衣架上花红柳绿挤在一起的，是女人淡香萦萦的外套。桌上有各式各样的小吃，服务生殷勤地侍在门外，脱了外套的女人，毛衣娇俏，脸色酡红，每人各自捧着一壶茶。

玫瑰、贡菊、薰衣草……每一种花，都各自有自己的颜色与芳香，像一个女人，即使经历了时间，有了故事，也不会改变自己的花语。

淡的白茶，带着初春阳光的嫩黄，豆花初绽，兰花含苞的淡香，是知性的优雅与淡泊。

我沏一壶单枞，虽然比不上自己家中的茶叶，却还是闻得到熟稔的家常味道。因为是茶室的茶，有稍稍的

酽与苦、一点点的涩，却依然掩不住它的好。

难得座中全是小学同学与玩伴，所以说起几十年前顽劣的往事依然记得，格外贴心与知己。想来我们从小生活的那个地方，也许真的如传说中那样是个出美人的地方，随意看去几个发小，虽然不再年轻，却依然气质清淡，容颜秀丽，是典型的江南好女子。

多年前黄发蓬蓬，在小镇的小石桥头上、河埠头、石板路上你追我跑的身影依然清晰，那么一壶茶中搁得下多少青春与岁月？再过那么些年，我们又会变成怎样的女人？当我回首，看得到茶水中你少年明亮的眼睛。

小镇本来就小，从这一家到那一家的距离不过几分钟。小时候，我们兔子一样乱跑，大人们忙于工作，大部分时间对我们实行放羊政策，只要在晚上能及时上棚（回家）就行，除非我们闯下了自己无法收拾残局的祸。

我们的这一群，没有一个是懂事乖巧的小女孩，而是一群性别不明，总是闯祸的顽童。冰玉堂、状元厅、酱园弄、朱家桥、五桂厅……打碎玻璃有之，烧焦楼板亦有之，甚至于上房揭瓦，欺负了别家孩子……诸如此类劣迹，如今说起来不免笑成一团。

说起来，茶是用来品的，宜清宜雅宜静，人不宜太多，更不宜的是这样的喧闹哄笑，但此时茶不过是一个载体，喝茶的实质不过是相聚，所以只要开心，就是好的。

暖暖的茶水浸没了时间，不知不觉夜已经很深，恍然惊觉，边笑边纷纷站起来，约定了过些天再聚。挨着肩膀走到门口，门外飞雪漫天，乱纷纷的雪花大朵大朵地舞蹈着，和我们童年时一模一样。时光仿佛未曾稍离，而我们却其实永远回不去了。幸好手中的光阴依然那么洁白美丽，让我们好好珍惜，并且留下痕迹。

Chapter 2

世间温柔

在他人的故事里，我看到了自己，风雨里哭泣过的孩子，最终会成长为淡淡微笑的成熟女子。

哪一世的缘换来今生的偶遇

喜马拉雅山脉高耸入云，圣洁得不容逼视，恒河从山间弯曲流过。她走在恒河岸边，早晨的阳光从高大的阔叶树木间洒下来，披在肩上的长发上有金色雾气飘浮，仿佛在闪光。不远万里，从中国来到遥远的印度，她是瑜伽的朝圣者、现代的女唐僧，与她同来的还有四个同样勇敢的女人。

东方女子S，要在陌生的印度瑞诗凯诗（Rishikesh），度过她的四十岁生日。

人生静如飞雪，我们看它慢慢地堆积起来。街道寂静，有牛羊在路上大摇大摆散漫而过，时不时窜过几只调皮的猴儿。在一个安静的饭店前，她们停了下来，推开店门，也没有什么人出来招呼，整个店堂只看到中间一张餐桌上有一位青年低头看着手中的杂志，想必是个服务生。

才来几天，她们已经习惯了印度人的懒散与自由，也不诧异，自己动手，将只有两人吃的小桌子一推，和看书人所坐的小桌子拼在一起，勉强抵得上中国的八仙桌了吧，也算是提醒他一下：来客啦！

看书人仍然不动，也不抬头，专心在看他的杂志。

五个中国女人也不以为忤，团团坐定，拍着手开开心心地唱起了生日快乐歌。

看书人突然抬头，是一张年轻英俊的欧洲人的脸，眸子里满是惊讶甚至欣喜。他惊喜而茫然，看着围着他团团而坐的五个东方女人，不是很流利的英语中满是不解："你们，怎么会知道今天是我的生日？"

女人们全体大笑。其中一个是英国籍的，担任了翻译，推着S道："是她！今天她生日！"神话一般，灯光明亮，音乐四起，侍者送上来印度式的蛋糕与菜蔬，他似乎也是知道有人与他共度生日一样，点了不少菜与点心，还有酒。

那天，她们一直在唱歌，女翻译一直在解说歌词，那个来自法国的男寿星就这样惊喜交加地一直在听。他像在云中，一直赞叹："多么美丽！"他说："我以为会在这儿孤单地度过我二十七岁的生日，没想到这会成

为我生命里最传奇、最快乐的一个生日。”是啊，他一定有一个最绮丽的东方之梦，不然怎么会千里万里到印度来寻找？

天空蔚蓝，时光停伫，歌声越飞越高，一直掠过远处寺庙上的风铃。隔了窗看到恒河在远处闪闪发光。

在说这些给我听时，S笑容温暖，脸色酡红，目光里有那种纯净和安宁。她说：“你说奇怪不奇怪，第二天我们居然发现他是我们瑜伽班的同学！”是啊，是什么样的缘分，才能在一起共度这一个生日？千里万里的奔波、分分秒秒的追寻、生命里最重要的爱好、计划了无数次的朝圣，是不是，只是为了做一个铺垫？只是，只是为了一个前世的约定？

是否短暂地脱离了自己运行的轨道与空间，只为冥冥之中赴一个前世的约会，瞬间的欢喜之后，又回到自己的轨迹。不早一点也不迟一点，在这个时候，这个地方相遇，惊讶地问：“你也在这儿？”

那么，前世他们又是什么？朋友？爱人？兄弟姐妹？……这个相会又是在什么样的情境下的约定，以至于隔世仍不忘记？

三生石上旧精魂，所有一切我们都无从知道。

错失一生仍有温暖不散

大哥X约我吃饭，他是请他的童年伙伴Y姐姐吃饭，让我作陪。席间有三女两男。Y我有许多年没有见过了，记得当年她在小镇上是个出挑的美女，可是，谁又能逃脱时间的追踪？五个人中居然我最小。这把年纪这样的机会太难得了！所以假装时光倒流，我就成了一个幸福顽皮的电灯泡，在其中插科打诨，装痴装傻，以博其他人的开心。

X是乡下孩子，他的母亲是Y的表妹的奶妈，Y与表妹又形影不离，所以他们在一起长大，席间说不尽童年趣事：在杨柳岸边粘知了，在骄阳里下河摸鱼捉虾，他割破了手是她包扎的，她受了别的孩子的欺负是他替她报仇雪恨的……

就这样渐渐长大。初知害羞后，也就慢慢疏离了，但心中仍然还是有一份牵挂在不动声色地成长。后来X

去当兵，Y 去了工厂。

酒渐渐多了。分开已经二十多年了吧？是啊！最后一次见面还记得吗？

那一天，他去她所在的工厂看一个朋友，在门口遇到她。其时桃花盛开，随风纷纷扬扬，空气里有丝丝缕缕的甜蜜，还有一点点的紧张。她青春正好，黑色的辫子双双垂在两肩，脸色微红，睫毛低垂颤抖，是一双欲飞的翅膀。他的手心微微有汗。

他参军三年，脱尽乡土气息，成为一名英俊的海军军官。深蓝色的军装，让年轻高大的他更加帅气逼人。她的心狂跳。

就这样，在工厂的门口，在别人好奇的目光中，他们站着聊了一会儿，然后依依惜别。

“不过十几分钟吧？然后呢？”我转过头看着 X，急急地问。“我要听真话。”我又说。

他轻轻叹息，目光闪烁。我看着他，他发上已经微有霜雪：“那时也是阴错阳差，我说不清是为了什么，自卑？我不知道。”也许喝得稍多了一点，沉稳的中年人突然吐露心声，他的声音陡然低了下去，有如耳语：“我的一生充满了后悔。”

平时在一起，我看到的他，阳光十足，意气风发，是个充满生机的成功男人，儿子优秀，夫人贤淑，也是个幸福的人。从没有听他说起过生活与事业上的不如意。所以，我心中突然牵动了一下，轻轻地。

也许是受他的情绪的影响，也许是酒的缘故，温柔的 Y 也有点激动。她淡然却又有点幽怨地对他说：“你走之后，我们厂里的人都说我找了一个穿军装的男朋友，传了很久啊。”

我心里难过，却对 X 起哄：“胆小得不像男人啊！你看你看，耽误了人家多久！”

Y 目光悠远，整个人陷入回忆之中，与我们离得好远：“你走后，有半年多我一直在拒绝别人的追求和介绍。”

我心中隐然一痛，钝钝的。人与人之间总会有一些命中注定，总会有无法逃避与无法追寻的必然与偶然，有时候，仅仅是一个转身，已经是几生几世。一别二十多年，今天岁月残破，人已老去，再说出当年，是幸还是不幸?

那么，再一次的相见，会在什么时候？有时候，相见真如不见。那一晚，X 大哥喝得大醉。

请你学会照顾自己

五月底，我手上分到一户新办企业，约了老板与会计到我单位来询问情况，看上去是一对三十多岁的人，男的是广东的，女的是广西的，普通话讲得磕磕巴巴，听得我奇累无比。女人长得倒是甜润，对着那个老板咯咯笑个不停。

我不喜欢她嘻嘻哈哈的样子，稍稍板了脸，正色问她：“你是会计？”

她还是笑，好像我这话有什么好笑似的：“不是的。”

“老板娘？”

她笑得弯着腰，仿佛不笑就不能说话：“不是老板娘，我是股东。”

我看了一下，注册资金只有十万元，股东是两个人，每人五万元，女的叫芬。

随后就去办公实地看看，坐了他们的破桑塔纳到了公司。他们租了一幢农民房的一半，从广东运了移门到江南来卖，房前堆了一大堆。老板看了看那个女子，突然笑道：“呵呵股东，白天陪我做生意，晚上陪我睡。”

女子踢了老板一脚，娇憨地嗔怪道：“就你话多。”

我也不禁失笑：“还是老板娘嘛。”

和搭档嘱了他们一大堆，特别交代了每月要按时申报纳税，不能拖太久。像这种不太正规的小企业，我习惯了多嘱咐几次。老板答应得很认真，其间那个女子一直笑，粉白脸上的黑眼睛像一弯新月。

很快到了征期，我辖区的企业早早晚晚地申报了大部分，剩下七八户还没有申报，我就打电话去催，看看这户新企业也在没申报的名单里，我暗自思忖：一定要重重敲打一下，让他们养成一个良好的纳税习惯。

打单位的电话，一次一次没人接听；打会计的电话，关了机；打老板的手机，也没人听。我气不打一处来：当时都答应得好好的，才一个月就这样！

终于打通了电话时，我按捺不住心里的不满：“怎么到现在还不申报？”

是个女人接的电话，电话里沙沙巨响，说话声音夹

杂在里边，听也听不清："我们在上海，没法申报了啊。"

我更生气："到外地去之前应当安排好申报啊！这是什么理由！叫老板听电话！"

不知回答了什么，我听不清，所以又叫："你听到没有？叫老板听电话！"

在嘈杂的电话里终于听到了低声的啜泣，原来是芬。"老板不能听电话了，出了车祸，在抢救。公司也不知会不会办下去。是不是我一定要回来？"

我怔在那里半晌才说："对不起，你不必管这里了，好好陪你老公吧。"

这个月，我第一次违反规定，帮他们申报。

又过了一个月。那天我在办公室，有人在边上怯生生地叫："星姐。"我抬头，是芬。

给她倒了一杯水，她犯人一样低头坐在我面前，抬眼看我。窗外骄阳如火，汗水浸染她的额发。我突然发现她是如此娇小怯弱，孤苦无依，像时光里的灿烂星光突然黯淡。

我问她："老公好了没有？"

她说："还在抢救，已经花了七八万元了，还不能说话。"

原来他招待客户，酒后驾车，与人撞了车，玻璃碎片正好飞到喉咙口。一个多月了，也不见好转。

“我什么都不会啊！如果他不能好，公司只好关了，但我还想等两个月。他在我手心写字，让我另嫁别人。”芬神情木然，想必她泪已哭尽。

“那么小孩呢？你们有没有孩子？”我是母亲，所以先想到的是小孩。

芬说：“我们是刚刚拍好了婚纱照，想等公司办好后结婚。”

生活与生命之中，有多少不能确定的因素啊！在拥有幸福的时候，总以为是天长地久的，总以为天生是自己的，谁又能知道有一天手中的一切，会一下子如夏日手中的冰，握也握不住？想说的话会有一天终于不能说？每天的阳光与庸常的相守，有一天会变得如此奢侈而难以企及？

所以，我爱的人——亲人与朋友，我是如此珍视这生活中的每一天、每一天不同的云彩、不断长大的树木与河流、相对一笑的会心、那些有意义与无聊的话题、一起出行的每一米。如果心灵是一架相机，我会珍藏一张张底片，那是我生命之树的叶子，只要我在，它们就在。

生命中温柔的部分

约好朋友们去杭长桥拍夜景，才上桥不久，突然天空开裂，云层后流光泻金，原来是闪电。风渐大时，我们还在贪恋夏夜色相，等到雨落下来，才慌张地躲进路边一茶室。落地长窗外霁光霓影，时暗时明，雨点停留在透明的玻璃上，像一串串晶亮的彩色水晶。老板娘侧身坐在吧台上，裙裾低垂，如开在暗夜的花。灯光仿佛是一根根丝线慢慢地穿过来的，映得杯中的绿茶心意沉沉。

是不是因为时光温柔，所以会回忆起少年情事？都是不再年轻的人了，所以语速缓慢，目光里有越过时光的朦胧。

故事一：你还记得吗？

“我到现在还很负疚。”他这样打开话题。有一天，他遇到一女同学，她问：“你还记得自己那一年受伤住院吗？”记得呀！

她又问：“记不记得有人给你补课？”不记得了。

她幽幽道：“真没良心啊，你知道吗？是我。我是自己向老师要求，去替你补课的。”他还记得当年她成绩并不出色。几十年过去了，当年的少男少女如今发上已有了细碎的霜雪，而只在比一瞬还要短暂的片刻里，春天如雪，纷纷落下。

故事二：刹那成长的少年

那天他接到一个来历不明电话，是柔软的女声：“你还记得那朵云吗？”

莫名其妙。他挂了电话。电话重新打了进来，叫他的名字，还是固执地问他：“你还记得那朵云吗？”

记忆突然打开，如惊涛掠起：斜阳下满山的浮云与她绝美的容颜。

那一年班级活动，到山里参加劳动，两人一组，他与她，分在一起。他还是懵懂的青涩少年，做事漫不经心。活动快结束的时候，两人在水边清洗，斜阳瑟瑟，半江红遍，水面有白云青山的倒影，他偶然抬头，心中狂跳：她也正回头看他，眼眸流动，光芒四溅，黑色瞳子里有满山浮云。

沉潜的中年人轻叹了一口气，然后告诉我们：“这是我这一生看到的最美的云，自此我突然长大。”

故事三：幼儿版《罗马假日》

他想一想，笑。

那一年他六岁，正读中班，幼儿园的午睡，是他最难捱的时光，他睡不着，翻身，说话，做小动作，如此种种。老师为此一次次地批评他，却总是无效。

那天睡前，他对境况相同的一个女孩说：“你想不想去街上玩？”当然想啊。他们趁着家长来领回家午睡的娃娃的混乱之机，悄悄溜出幼儿园。

大街上真热闹啊！马路上来来往往的全是人，他们手牵着手，慢悠悠地逛，想看什么就停下来看一会儿，又开心又紧张，小手攥得紧紧的。走过一个棒冰摊子时，

女孩子停下了，说：“我要吃棒冰。”男孩咽一口口水，拍拍自己背带裤空空的口袋，遗憾地说：“没有钱啊！”又继续向前。到小学门口时，遇到了小男孩的哥哥，十来岁的哥哥对弟弟说：“你怎么跑出来了？”于是他们又跑回幼儿园去了。

问他：“那么你还知道是哪一个女同学吗？”

他满眼惆怅：“一点都不知道啊，要是知道，我一定请她吃哈根达斯。”

雨声如洗，窗外树荫深深，生命是一条河流，除了自己，谁也不知道它在什么地方曾经有浪扬起又悄然沉默，不知道它水下的暗流与漩涡的走向，我喜欢这样的过程，喜欢刹那的心动如花绽开又如花萎落，喜欢往事温柔又不着痕迹，喜欢这一节一节的枝枝叶叶庇护心灵，然后在这样偶然的雨夜温暖岁月。

风吹过树叶的声音

多云，厚厚的云层，阳光时有时无。天气温和，有风。

走在回家的路上。小区的河边，是半大不小的香樟树，厚实的树冠，像一把把连续不断的遮阳伞。风从河上吹过来，香樟树的树叶簌簌地唱起歌来。我愉快地仰头看它们，看到它们在淡薄的阳光里迎风起舞，闪闪发亮。河边，杨柳的枝条也在柔软飞扬。

香樟树荫下有木椅，我坐了一会儿，慢慢地听风吹过树叶的声音。我知道在我一生中已经无数次听过风声，听过松涛山风、海边的浪涌、田野里沙沙的清凉晚风。它们在某一个片断，在我的生命里留下痕迹。但是，这样认真地坐下来专心听一听风，这样心境平和地听风在树叶上走过，听它的小脚从一片树叶跳到另一片树叶，像无数个透明的小精灵踮着脚尖倏地显出一角翅翼，对于我，是第一次。

经冬不凋的香樟树，在风中轻轻凋落已经变红的那些叶子。艳丽的红叶像被上天选中的牺牲，也像树叶中的美女，在风中飘落，是它们最美丽也是唯一一次的自由飞翔。这是一种放手，但我不知是树的放手，还是叶子的放手。

虽然已经不再年轻，但生命里还是有许多第一次。我知道以后还会有，我喜欢那些给我带来惊喜或者忧伤的第一次。我仍然在成长，也许最后可以变成我想要成为的那种女人。

入夏以来，总是疲惫不堪，居然整天沉溺于睡眠，难得台风来时才会有神清气爽的感觉。记得我小时候，每当母亲与小姐妹感慨：怎么一下子这么多年过去了呢？我心中总是纳闷，等待过一个年是多么漫长啊，怎么会很快呢？如今自己早过了母亲当年的年龄，也一样和小姐妹惊叹时光的无情，这样的轮回真是快啊！

女儿转眼长得比我高了，却天天黏在我身边，时时要“抱一个”，口口声声自己还是个孩子。我其实也愿意她还是个孩子，长大了，会有多少感情的挫折与生活的压力在等待着她呢？趁着还是个孩子，能给她多少快乐就给她多少吧。十五虚岁，半大不小的年龄，生活开始在一天一天变得沉重。这两天时不时差她骑车去买菜与水果，这是她第一次学习买菜。

我与她都喜欢赤了脚在地板上走，时时被我母亲说脚脏，我们总是嘻嘻哈哈地蒙混过去。那天女儿看我从外面赤脚回家，脚脏了，居然打了一盆水过来替我细心地洗脚。我坐在椅子上，低头看着这个有着一头乌黑发亮的头发的小女孩。她胖胖的小手在我脚上摸来摸去，我心里充满了感动和愧疚：这么多年，除了母亲生病，我还从未替她洗过脚呢。

坐在树下，风在树上。夏季的中午，小区寂静如荒漠，能听到的只有风声一阵阵掠过，实在是好听，我以前从不知道它们这么好。风吹得思绪像点燃的印度香一样缥缈。时间像风，而我像那些树，落下的是叶子，留在心里的是声音。我的世界其实一切都在改变，但整个景色看起来还依然像是旧时颜色。

生命其实只是一个过程，我也只是树上的一片叶子而已，而风在哪里？

荼蘼的坚持

看到人家写到春天最后的花事，写到凋零，写到荼蘼。

“开到荼蘼花事了。”宋代王淇的一句诗，就让人无端地心存怅恨与迷惘。荼蘼，它即使竭尽全力开成一路素色云锦，也无法挽回春天已经一路消逝的现实，荼蘼的花语是：末路之美。

荼蘼，蔷薇科悬钩子属，落叶灌木，叶为羽状复叶，柄上多刺，夏初开黄白重瓣花。蔷薇科的花大都有浓郁的香气，荼蘼花更是如此。它可以做香料，秦少游曾经深情地写起：“借问断肠缘底事，罗衣曾似此花香。”荼蘼让人想起爱人凌波微步，罗袜生尘的背景，和她离开时隐然的清香。

秦少游更有名的一首是《鹊桥仙》，其中有一句“两

情若是久长时，又岂在朝朝暮暮”，仿佛特别适合面临分别的有情人。年少洁白的感情虽然像荼蘼花一样香、一样纯，但往往也是一样脆弱。所以，有的时候，有的话会一语成谶。

在《红楼梦》中，十二钗问卜花名，宝玉看到“开到荼蘼花事了”，以为不祥，便把签藏匿起来不让大家看到。果然到最后，知心的人，花落人亡两不知，可意的人，落花一样散尽，像开到荼蘼，春已残，花已开尽，看花人的心也已经索然，只有逃向更空旷的远方，逃向一片雪原。

平凡的季节里，也许没有更多闪光的记忆，就像以为最懂我的人，也未必能够看到我眼中的忧伤。也有的时候，绽放的全部意义就是凋零，从新芽初萌的时候，就可以看到结局。开到荼蘼，爱已不在，痴心的人却仍会四处寻找。

可是，不是还有果实吗？荼蘼的果实，红得晶莹剔透，又是另一生与另一世的缘起，比花更为坚定与执着，更为长久，它们仍然有着花的记忆，所以坚守得格外有情有义。我愿意相信这样的故事，像两生花。

也有人说：“荼蘼开过，有彼岸花。”女儿告诉我，彼岸花就是朱红的石蒜，代表另一个世界，我们将来要去的地方。是啊，既然一切最终会来到，那么让我们温柔地等待，细看沿路的风景。花谢的时候也许可以微笑谢幕，就像花开时我们内心的盛大喜悦。让我面对离别仍然从容，让我淡如荼蘼，在纷飞的风雨中不再回首。

黄梅季节的短暂晴朗

一切都是湿漉漉的，空气里有水分子在相互碰撞。合欢花落了一地，那样丝丝缕缕绵绵的花，是四处飘散的香气的形状。而它们在夜晚默默合在一起的羽形叶子，现在在我窗外摇晃不已。

已经连续下了几天大雨，更南的南方水已成灾，在电视里看到民居浸在水中，无助的居民在大水中发呆。我要感谢我的太湖，它像一位无怨的母亲佑护着我们，不仅养育了草木丰美的湖州，更给了我们一片理想的栖居地，无论我们曾经如何毁损、污染它：围田、养殖、污水排放，诸如此类。虽然湖在变小变脏，但它像病中的妈妈，还是一样倾尽全力地包容和爱我们。

记得去年秋天我们去湖边拍照，在堤上就闻到恶臭，放眼望去一片污浊，一行人回来时心情恶劣极了。

大雨可以洗涤许多不太好的东西：地上和积土、湖上的蓝藻和阴暗的心情。树上的果子们被雨洗得干净，花儿们在雨中开放。

还是阴天，仿佛随时可能有雨点落下来。天空是一种沉静的浅灰调子，光线是散落的耳边鸟语婉转，一只白头翁飞到我纱窗外的窗台上，上下打量着我，离我不到三尺。我尽量不动声色，但当我用眼角余光扫它一眼时，它还是警惕地飞走了。不知道它回到树上后，会不会用婉转的鸣叫告诉它的同伴：这是一个无趣的女人，这样的好天气，还在一个方方的屏幕前发呆。

如果有一双翅膀，这样凉爽的天气，倒是很适宜飞翔。我有点发呆：穿什么衣服飞翔更好？有风，微寒，所以不适合好看的浅色轻纱；穿紧身衣服我肯定太胖了；穿休闲服在天上飞翔，怪异呢。呵呵，那么清雅浪漫的问题，让我想得好俗哦。

最好全身有羽毛，像鸟儿一样，乘着轻风，扶摇而上。

五月里白兰花当季。街头卖白兰花的以老妪老汉居多。盛满花朵的小竹篮上罩着一方本白棉布，揭开一半，露出下面整整齐齐地摆放着的含苞白兰花，清幽纯净的香却是掩也掩不住，人从旁边走过，身上留香不散。

大前天到慧姐姐家喝茶。去时，她家那棵比手臂还粗的白兰花树上全是青青的花苞，仔细看了一下，没有一朵像是要开的样子。谁知茶喝了一半，月色初上，空气里仿佛铮琮有声，花香弥漫。惊喜地看花树，一朵朵白兰花在夜色里脱下青色的外套，娇柔开放，像一个个香水瓶子蓦然打开。低首不语，静如处子，在夜色里迷茫又热烈，我只是看了它一眼，它便浅笑莞尔。在黄梅雨里，心形的叶子枝繁叶茂。

今天还是父亲节，父亲节的节花是红玫瑰与白玫瑰，可是我的父亲已经远去，无处可送祝福了。想到这儿，心情便如这梅雨一样阴沉起来。

小区对面的荷塘莲叶田田，又到了快开花的时候了。听说今年荷花开得特别早，报纸上已经有报道了。我喜欢荷花开放时的淡雅香味，还有那洁净的花瓣与温柔的颜色，所以心里一直惦记着要好好拍几张照片，最好是在日光散漫的时候，就像现在。但是天气还是太湿润了一些，相机会受潮，所以犹豫了很久还是没有去。

其实荷花是很倔强的花，太阳越是强烈，越是不懂得怜惜，它就越是有精神，越是美丽无比。而到了晚上，它就无精打采，甚至凋谢。如果它是人，我不知道它是一种怎样的心境。看上去虽然都是温柔的，但它们是如此不同，有一种倔强在里面。如果说白兰花是一种女人，那么荷花是另一种女人。

下午逛商场，天又下雨了，是典型的江南雨：沾衣欲湿，细如阳光下的飞尘，微有凉意。回家时怎么也打不到出租汽车，短暂的晴朗终于结束。而这样短暂的明朗，是灰蒙蒙的雨季中的亮色，像云层中一闪的光芒，更是人心中的喜悦。

Chapter 3
寻常日子

飞雪落花，淡茶醇酒，爱或者不爱。寻常的日子里，隐藏着那么多意味深长的事物，所有的美与温情，都触手可及。

落花时节又逢君

镇日昏昏，闲来无事，灯下寻些旧书故纸来解闷儿。看到之前朋友的书法，写着杜甫的诗:“岐王宅里寻常见，崔九堂前几度闻。正是江南好风景，落花时节又逢君。”很质朴的句子，是他一贯的风格。

只看到最后一句，却心中忽然一动，只觉得此句美艳无比，有点烫伤的那种痛楚，又尖锐又钝，直达心底。只呆站着，窗外明月如霜，墙角树下的三两声秋虫脆鸣，世间寂静，一时间不觉得痴了。

说起来我一向更喜欢李白，喜欢他的诗意与浪漫，犹如天籁，飘逸无比，况且唐诗宋词中的好句，像满天星辰般晃花我仰望的眼，却难得这样怦然心动，一见难忘。其实也算不得一见钟情，这首诗，认识它已经几十年了，却从来没觉得它美，就像一个熟悉的朋友，从不会去想他的好处，似乎一切本该如此，只是在这样的一个晚上，像突然开启了心灵的通道，它是那样明确地打动了我。

诗里的那些燕子，越过千百年，如今又去向何处？我从杨柳树下经过时，飞过树梢的，依然是它们吗？我不知道。

天又凉了，秋意渐浓，合欢花的色彩清淡起来，桂花的香气却日趋浓郁。日光变得温和，树影落在庭院，像画一样清晰好看。风只是细细地吹了一阵，树影里合欢花便落了一地。

近期只觉得倦怠与无聊，也许是身体的原因，也许是因着连续看到别离与一去不复返的相送，便难以释怀，如今觉得能“但愿人长久，千里共婵娟”的意境也是好的，而“落花时节又逢君”那样的意外与惊喜，简直是生命里从天而降的花雨，盛满了色彩的芳香，充盈着不可预知的神秘机缘。

在一起的时候谁曾珍惜过？许诺着地久天长是否可以真正实现？生命中来来往往的人，谁会与你不离不弃，相守终老？我们不知道，所以不必追究。日子悠长又瞬间即逝，写着文字的纸已经泛黄，曾经的话语渐渐湮灭，幸运的是有许多人与事，仍然顺着我们心中期望的走向，

慢慢地向前。

这又是多么好，就像年轻时我最喜欢的泰戈尔的诗：“春日去而复来，圆月别后重访，年复一年，繁花重发，嫣红枝头，而我的辞行呢，仿佛只是重新回到你的身边。”分别与思念，也许只是为了再一次不期而遇：在落花时节的漫天芬芳里，时间流转，你在人群中突然出现。

桂花开了，秋天如此明确。近来疏懒，也由着性子，这个年纪，也许更适合空庭看雪、残荷听雨这一类的事，懂得惜缘惜福固然好，但是懂得随缘与放下或许更为合适。年轻时看重的人与事，早已经轻如 云烟。

春日微雨与秋风飒然时，生命里也会有落花纷纷，季节变换，不约自来的朋友，包括疾病。那日近晚，觉得有些倦，于是淡淡泡了一壶陈年熟普，独自饮了，看了一会儿电视便早早睡下了，夜间胆痛，慢慢地发力，从若有若无的隐痛，发展成无法忍受的钝痛。夜深一点，披了衣服，到医院挂急诊，一路上佝着身子，车只开二十码，还是觉得控制不住，它像一匹野性未驯的马，只想往旁边乱窜。这一刻，只觉得自己如此孤单无依。

疾病是最熟悉与忠诚的朋友，它随时随地不请自来，告诉我们生命的脆弱与无奈，也告诉我们平凡的生活多么值得珍惜。

喜欢收藏的同事孙送了一方印章和一块翡翠给我。章是残的，翠是白的，算不得好料，却难得印章莹润可喜，翡翠洁净如冰。孙说它们是明朝的东西，他的一个熟人专门从基建的民工手中淘古董，俗称“刨地皮”，这两件便是那人送的。

“你看，多么漂亮的包浆！”孙笑着说。

谢过收了，细细把玩，越看越觉得那方印章我好像是认识它的，就像宝玉说，“这个妹妹我见过的”。它有裂痕，有伤口，就像经历了沧桑的女人，成熟而隐忍，你能看到她的美，却无法知道她的故事、她的喜悦与伤痛。我宁愿相信它是我的故物甚至故人，在已经湮灭的过去里，我们曾经相识。

虽然身体已经不再适合豪饮，但好朋友们还会时不时聚一下。静从法国回来，千里万里，居然背了红酒回来请我们喝。那日天气晴好，我们在太湖边喝酒品蟹，说起往事，如在眼前，又恍如隔世，只在一杯酒中。窗外清风徐来，桂花的香，淡到需要用心才能隐约嗅到。

煮雪烹茶

这些天每日独自饮茶。人渐渐老起来，酒怕是不能尽兴喝了，对茶的喜爱却在慢慢地增加，仿佛是不自觉的移情别恋。对于茶，虽是情愫暗长，其实我还是不太懂得，平时用的是农夫山泉，本不错，但是如果换成雪水又会怎么样呢?

闲着也是闲着，不妨也附庸风雅，开了 2008 年冬天藏着的雪水坛子，沉淀过滤后用来沏茶。记得贮雪时曾写：也不知会有哪个有缘人会与我共饮? ……居然也没有。也曾认真地约过朋友，听的人玩笑道：“喝茶呀，倒不如做个饭给我吃。”不由气馁。那么，一个人独饮又有何妨?

在菱湖住时也贮雪，将雪放在小缸里，次年用来浇花，据说花会开得特别艳，究竟开得怎样，也记不得了。当地还有在夏至用雪水给孩子洗澡的风俗，说是用雪水洗过澡的这一年的夏天，孩子就不会长痱子了。

读《红楼梦》，槛外人妙玉请黛玉、宝钗与宝玉三人喝私房茶："妙玉自风炉上扇滚了水，另泡一壶茶。"好茶美器。黛玉因问："这也是旧年蠲的雨水？"妙玉冷笑道："你这么个人，竟是个大俗人，连水也尝不出来。这是五年前我在玄墓蟠香寺住着，收的梅花上的雪，共得一鬼脸青的花瓮一瓮，总舍不得吃，埋在地下，今年夏天才开了。"

黛玉何等清雅高贵，目下无尘，为了一杯水，居然也让人说成了大俗人，由此可见，妙玉内心的骄傲。不过，也不知道是不是还有点醋意。大观园中，论才貌论雅致，能将妙玉比下去的，怕也只有黛玉。由此可见，无论怎样飘然出尘的女子，对于同类，即使已经引为知己，还是要比的，对女人，当真是说不得襟怀的。而俗女子如我者，虽然知道相与这样的茶与水，是很难逃脱东施效颦的嫌疑的，但还是乐此不疲，只当是自娱自乐吧。

不用音乐与花，只有空调间或有水流的轻冷，"叮"的一声又灭了，一味地清静。一炷香已燃尽，余香却在。缓慢的时光里是历劫红尘内心依然的人。而那些痛楚与酸涩的逝去，像燃尽的香，虽有灰烬与余味，却已经不能伤害我。

曾经冷成冰晶的水，如今在我的水壶里轻轻沸腾，冲人茶壶时，似乎有梅花隐约的香气。茶壶端雅，茶盏隽秀，竹制与瓷制的茶具们静默不语。微笑着看一眼，晶莹透明的茶汁明亮得像窗外的月色，还是当年连绵的雪地？

佛说：“如人饮水，冷暖自知。”就这样沉溺，不涉世事，非关情爱，只不过为了一杯普通的茶，为了沏茶的水。

喝到茶淡，夜色深深。

安静是最好的心境

天一下子热了，心情也变得浮浅，像风中飘散的柳絮无着无落，柳絮飘得那样轻盈洁净，终是要掉到泥淖里去，至多是水面白茫茫一片，像不肯融化的雪。

每天的茶是铁观音，萍拿了一大盒过来。铁观音淡绿色的茶汁清亮明丽，它浓郁的香，像初夏大街上衣着清凉的美女让人眼前一亮，是明确的、强烈的、有气势的，喝后固执地缠绵不去，记得有次在落落处喝台湾的铁观音，一路走回到单位，依然余香不尽，自此便慢慢喝上茶。

这两天终于有了清凉夜雨，夜半醒来，听雨沙沙打在窗上和窗外紫藤叶子上，软绵的温情，天地间仿佛只有这雨，隔着些不知什么，一直凉到心里去。在微微的光线里有恍惚的思想，有些距离地想起某个人、某个时刻，然后听着单调细密的雨声又慢慢沉入睡眠深处。很少有梦，梦到的人与事却让人诧异，悠远的、宁静的、

无奈的，又带着一点点诡异，颠覆了日常生活中的烟火味，像是隔世的回忆。

因为下过雨，早晨阴阴的天，觉得正好。取了陈年的普洱泡着喝，七八年前朋友送的，只剩下了小小的半盒，放在小壶里泡开时，它的颜色好看得如同有了些年份的大红袍，莹澈的深红，隔壁办公室的同事皆说不错，三四个坐下来一起喝。

记得刚开始喝它时，不喜欢那样陈年的味道，觉得有点霉霉的，喝两口便倒掉了。到懂得品味它绵长的回味与细腻的层次时，就只剩下那样少了，便不忍心多喝：喝完了再到哪儿寻它去？呵呵，是我不知道惜缘，还是我不够随缘？说真的，不过是一壶茶而已。世间的缘分也大抵如此：拥有的时候只道是寻常，不知它的好，也不知珍惜，待到缘尽，又能向何处追寻？

晚上，早早关门，洗了，换了宽松的白色家居长裙，丝质的裙裾拂过脚背，旧而妥帖。一个人待在灯光昏暗的客厅，拉上窗纱，绿釉紫砂莲子香炉（朋友的作品）里面点着自己从西藏背回来的坭木藏香，它慢慢地飘散，香得淡定而厚实，杯中的茶水已经很淡……而雨下得不疾不徐，隔窗吟唱。

如今听来，这暮春最后的雨声也是好的，有着春天的缠绵与初夏的利落，像武侠小说中穿着夜行衣潜行的人，带着一股神秘的意味，来了又去了，清晨起床时天空澄清，不着痕迹，仿佛什么也没有发生过，让人疑心昨夜的雨声只是一个梦。

开到荼蘼花事了。接下来还会有什么花会开？在那样盛大的夏季里，生命蓬勃旺盛，花事，却渐渐走向衰败，我希望之后的花开得更加安静与长久。我其实清楚地知道，梦一样白的梨花谢幕已久，也许再过些天梨子也可以上市了。但在这样潇潇的雨声中，我心中居然固执地、一次一次地想起这一句“雨打梨花深闭门”。

你的梦是否和我一样

看到桃花盛开，就会让人起了归隐之心。若是能在桃花开放的山脚下，油菜花田边，筑间小小的平房，门前一小块平地，屋边一脉小溪，种上菜，养几只鸡、一条小黄犬，门前石桌上是棋枰，农具堆在墙角，洞箫与湖笔石砚宣纸杂放案上，有多么好。蓝印花布帘子，木槿花编成的围墙。

若是你来，听得犬吠隐约，我便开了门等待，夕阳里起了炊烟，桃花瓣在洁净的溪水中乘流而下，取了这水，泡上新摘新炒的野茶，趁热便端在你的手心。

屋子再后面些是竹林，穿林之风吹过，响得涛声一般。你要是想吃鲜笋，自己提了竹篮子，拿一把竹刀，挖了，在溪水里洗过。我剥出欺霜赛雪的肉来，趁新鲜就下了锅。晚霞落在西面山上，新酿的米酒是半透明的浅绿色，上面飘浮着雪花一样的小白沫，酌了给你满上，微笑：虽然晚来无雪，还能饮一杯无？

晚上也许会断电，点上两支蜡烛，在灯影摇晃里与你说久远的事，山里的风凉些，肩上披的是青色的布衣。

我新洗的头发又黑又亮，沉重地垂在双肩，而你眉目秀逸，映在淡黄的灯光里，分外亲切与温暖。

听得山中鸡鸣鸟叫，阳光又渐渐映上了窗帘。

空气清新得如洗过一般，光线一缕一缕细密地泻落到我的床头。我拥被而坐，翻看以前的书籍，而你轻微的呼吸隔墙可闻。

我穿上桃红的衣衫，去敲你的门，风又吹来鸟鸣，是布谷。

晨光推门而入，我回头看你，你沐浴在阳光中，眼里有一千年之前的痕迹。门外，满目良田，桃花如雨。

闺蜜们的下午茶

清爽宁静的下午，连风都是悠然的。它们掠过一大片绿色荷塘，因此带着荷叶微涩的清香。与几个要好女友约了到飞英公园的庭院中喝茶，已经约了许久，终于坐在一起时，人就满足地舒展开来。

这几个朋友，多年来一直是我女友中最美丽时尚，也是最穷讲究的，喝酒如饮甘霖，花钱也如流水，说话直接，做人更是爽朗侠气，是我喜欢的那种通透明亮的人。我到的时候只一眼就看到她们带了整套茶具和茶叶，还有干果、水果、熟食之类，堆了满满两桌。那样夸张的场面，让我庆幸自己是空手来的。

茶室老板也开心，他只要送一壶开水出来就行了，杯呀茶呀全省了。

一直觉得累，已经很久没有这样放松地坐在湖山绿荫之下，听鸟鸣风过的天籁之音了，我眯了眼喝着静带

来的普洱时，阳光淡得没有阴影，就在几尺之遥，而风一直在吹。

风在吹，捎着清淡的荷叶与水的味道，真是好闻。它一直吹到肺腑的深处，也吹过我新洗的头发，沙沙地在脸上滑一下，又布匹一样向耳后掠去。好风。荷叶们已经足够茂盛，让人感叹“一一风荷举”这一句的恰到好处。而荷花尚未含苞，格外添了期许。我喜欢这样的场景，不够满，微有缺憾，却正是合适。

说的全是芜杂无聊的话题，却暗含着各自的生活方式与处世态度。我一小土包子，在衣饰打扮上全仗她们几个的点拨。喝着，吃着，聊着，午后的光线渐渐斜了起来。

又打牌玩，我数学差，这方面的智商明显有缺陷，牌出得相当白痴，但这丝毫不影响我赢牌，你如果看到，肯定会羡慕上天给我的补偿：我手中大牌云集，仿佛在开会。为此女友们嘻嘻哈哈，老是拿一句牌桌上的流行语笑话我。这也丝毫不影响我的扬扬得意：嘿嘿，怎么赢牌不重要，赢了就行。

微笑着抬眼，飞英塔静静地映在荷塘中。塔前的那棵古银杏绿得像在燃烧，香樟花散落在水面上。

淡薄雪意中浮生半日

早上起来，望窗外一望，地上是干的，穿得薄薄地出门，母亲嘱咐道："多穿点啊，冷呢，别忘记带上伞。"

我说："看过气象预报了，今天晴呢。"又一手捞上我的相机。出了门，只觉得风吹上来的冷细如纤毫，正奇怪，看到我大红羊毛大衣上，细细密密缀上了细如玉屑的小白点，是雪。

这样细到无形的雪，也美到无形，在鲁朗林海，我遇到过。翻看拍回的照片中，有我穿了藏装的侧面特写，眯着眼看远方无边群山与森林，脸边那丝丝缕缕闪亮的雪，无处不在又如隐形，真的是美到惊心动魄。这样的雪，听说在日本叫作风花，随风而至又随风而化，了无踪迹，像人生中一个陌生的回眸，无从说起；再大点就叫细雪，单是听到一个"细"字，我就觉得满是诗意。

接近中午，阳光果然如期而至。

与慧妹妹约好了出门，所以与这阳光下的雪不期而遇。阳光如此明亮，电线杆与树的阴影清晰可见，那些雪啊，也如此明亮，纯白清晰，像任性的女子随风起舞，毫不理会那些阳光，也不留下影子。这是晴天还是雪天?这样奇特的景色让人迷茫。

风卷着大朵大朵的雪花扑面而来，在车窗上留下擦痕又倏然而逝，而留在窗上的湿湿的一小片痕迹，斜着，像仙子的舞步，轻到无可比拟。窗上全是这样的痕迹，一片之上又重叠了另一片，满世界全在起舞啊。

我们走在一条极美的路上，那条路两旁的香樟树已经成材，枝干向路中间伸展，在路的上空相遇携手，形成绿色长廊，听说这条路被人称为情侣路，可惜并肩而坐的是两个女子。

美丽的道路，加上美丽的雪花，近处雪花飞翔，远处一片浅白空濛，香樟树的绿衬着雪，清晰的近与朦胧的远，而四周好像没有人迹。“我喜欢这样的景色，我们正如走在一条时空隧道上。”妹妹轻声说。是啊！不用去想过去与未来，所有的一切清晰明了而又纯洁单一:远方，仿佛是仙境，而我们正在奔赴。多么好。

下午， 一个人坐在办公室里，窗外阳光如雪。朋友送来的粉红百合、天堂鸟与红掌，欲谢未谢。一个人。

小竹茶海上的茶具已经换了新欢：新添的掺砂石瓢壶，景德镇的青花杯，壶里是上好的陈年普洱，水是刚沏的，没有音乐，心里却是曲水流觞。 呵呵，我是多么容易满足的一个人。

壶刚盈一握，好砂好泥好皮囊，看上去古朴粗陋，握在手中却如此熟稔亲切，一直暖到心底，仿佛是一见钟情的可意人。上午买时拿起放下几回，美丽的老板娘道：这壶你养好就知道它的好了，看上去粗陋，摸上去却舒服适意。

这样的好壶，尚未养护已有玉色，本不舍得放在办公室的，只怕破了，不过想到尘缘莫不如此，舍不得又如何？不如随缘，守得一时便是一时。我想我是个贪心的物质女人，这次一下子添了几个壶，还添了整块原木的茶海与青花茶杯，壶们大多是素的，选的是大器古朴的一路；只一个南瓜红泥壶枝叶相缠，贪图它的美色，例外带了；一色是清水泥手工壶，带回来越看越爱，不敢一下子带回家，怕母亲嗔我乱花钱，准备一个一个悄悄带回。

去的是老师熟识的店家，店极大却不欺客。店家夫妇皆是工艺师，因为老师的缘故，也不用问价还价，只管稳稳妥妥选喜欢的拿了。若是泥料不妥的，老板娘就会告诉我们，奇的是在成千的款式中，居然与妹妹挑了一模一样的款式，也算是缘。

彼此喝茶相谈甚欢，言谈间发现老板娘居然是我同里之人，也许是因为老师的面子，也因为谈得合意，老板夫妇殷勤请我们吃饭，初次相见，我们自然执意不肯，逃回来了。

回来接着上班，浮生半日闲，心境清明而愉快。

朋友是灵魂的容器

每年初夏，总是要在慧姐姐的花园喝茶的。 湖州这样典型的江南小城，这个季节是沉浸在花香里的，花儿仿佛私下有过约定，此起彼落，衔接处妥帖平稳，花谢的淡淡悲伤总是掺杂在花开的淡淡喜悦之中，像同一杯茶中的涩苦与回甘，不分彼此，又泾渭分明。

我们坐在白兰花之中。它们刚刚到了花季，空气里的香个性鲜明。白兰花是一种特别的花，她的香有一种气势，像温婉的女人，没有惊心的美，低眉回首之间，却更让人难以忘怀。她的开放过程也奇特，花苞合拢时是一只绿玉的香水瓶，一眨眼突然就开了，快到让人疑心能听到它们清脆的破裂声，然后甜蜜的花香像思念一样罩定你，让你无计相回避。

外围些的是果树们，我摘了刚刚长到一大半的白沙枇杷尝了，很新鲜的甜，又找，却找不到大到可以吃的。

夜色沉静，周围没有声音，摘枇杷时看到近处的小河浸着冷月，风一吹，就碎成了一大片。

品过现磨的咖啡，又试新开的冰茶。同坐的两位姐姐都比我略大，或大器，或细腻，却皆温婉，性格香如白兰。说话间天上地下，亦俗亦雅。姐姐们还细心照顾着杯盏间的水及盘中的吃食，虽是随意，却有许多道理在，我虽然外表也像是文静的，做人却是一味地任性乖张，散漫无序。人说人情练达即文章，所以与这样的姐姐相处，我私下便有些惭愧。

尽管已经不再年轻，我还是希望在以后的日子里自己能成长，长成不仅仅是自己，还有别人也喜欢的样子。 这样想一想，就想到从前的我了，又年轻又干净的样子，却总是不快乐。而如今，细小的事物，都能让我微笑，女儿只是撒个娇，也能让我幸福半天。

还是风，它们从树叶与树叶之间吹过来，又细又碎，发出动听的歌吟。想起去年，前年……树又长高了一些，围合在我们四周，清风明月中，也能看到暗红的石榴花落了一地。

榴花请罪的故事，却只断断续续想到几句，如“晚浴新凉”“渐困倚”“共粉泪，两簌簌”之类的句子，香艳零碎得如满地榴花，也罢，只低了头一笑。

也不知道它听到过我们几个女人多少私房话。我们已经忘记了的，它还记得吗?

岁月如初，安静而美好，我们一年年相对而坐，恬淡地老去。愿年年月月，月依旧明亮，风依旧温柔，花依旧在枝头。

恰好是最妥帖的缘分

沈从文曾说：“我这一辈子走过许多地方的路，行过许多地方的桥，看过许多次数的云，喝过许多种类的酒，却只爱过一个正当年龄的人。”

张爱玲也有过类似的感慨。她说，于千万人之中遇见你所要遇见的人，于千万年之中，时间的无涯的荒野里，没有早一步，也没有晚一步，刚巧赶上了，没有别的话可说，唯有轻轻地问一声：“噢，你也在这里？”

这样的相遇，能成全了一生一世中无数个另外的日子，春朝月夕都是好，也只凭了两个字：恰好。恰好，不早也不晚。……类似奇迹，并不是每个人都能遇到，所以不必奢望。

好在生活里还有许多恰好，时时会给我们带来惊喜，如花开到五分，酒正至微醺。

是一星期前的约。朋友五小时前给我电话时，我没时间，我到的时候已经是晚上近八点。

恰好。画案上放满了琴箫，用锦缎绣囊裹着，安静高贵，依稀如好人家的女儿；一缕沉香绕过几上开得正好的素心兰，曲曲折折而来。

首先打开琴囊抱出古琴的，是来自京陵的青衫琴堂堂主，沉静温雅，颇有古意。我庆幸没有早去，或许一起一番吃喝后，就不会有这种联想。他低头调弦，寂静里三声两声弦音，未成曲调先有情。

弹的是嵇康的《酒狂》，琴风高逸，琴技飘逸多变化，席间醉意弥散，我本酒徒，自然合意。接下去是一曲《石上流泉》，想来应当是据“明月松间照，清泉石上流”两句诗而来，正是秋夜，室外细雨如丝，室内沉香薰然，琴声里听得见松风飒然，明月似乎在慢慢移过淙淙轻流，清翠深幽的溪水背负着月色，一缕缕涌过石涧之上，更觉幽静。

随之一发而不可收，锦囊中的琴与它们的主人纷纷相携登场。

秦汉时期即有“削梧为琴，绳丝为弦”之说，湖州本地的琴友，用更为沉静古朴的丝弦弹奏，弹奏时不用

过多的技巧，少了钢弦古琴衍生出的金属噪音与余音，所以听起来更符合“清丽而静、和润而远”的古琴气质，于是也更为韵长意深，加之弹琴人素衣布鞋，与琴浑然一体，听着别有韵味。

据说丝弦古琴濒临失传，湖州正是湖丝出产地，有得天独厚的资源，难得的是湖州琴友的丝弦是他们自己按古法制作的，琴音中揉丝弦的指音，涩而温厚，配合平和的琴音，仿佛来自天外，又仿佛来自内心。

听过《阳关三叠》《平沙落雁》……我暗暗期盼能听到的《广陵散》始终没有人弹奏。记得有一年到南浔玩，安行弹筝给我们听，他说：“等我练好了，弹《广陵散》给你们听吧。”却从此杳无音信，想必他还没有练成。

红楼一干人中，宝玉喜聚不喜散，黛玉却喜散不喜聚，却都只为聚时欢喜散时落寞，所以听着琴我突然想起两句，莫名其妙，一句是《九歌·湘夫人》的“帝子降兮北渚，目眇眇兮愁予。袅袅兮秋风，洞庭波兮木叶下”。还有一句是《琵琶行》的“东船西舫悄无言，唯见江心秋月白”。想到有聚必有散，不觉意兴阑珊。再看四周端然坐着的听琴人，大多面色凝重认真，听曲之际并不见悠然心会的微喜，估计滥竽充数的听琴人不止我一个。

听罢一曲《高山》，我便起身，悄悄辞别主人，对于音乐，我本槛外人，但高水流水之说还是听说过的，混迹于此，自觉惭愧，怎敢冒充知音？走为上。说起来自古来知音难觅，这样的琴声，也许更适合山居独奏。假如我偶尔路过听到，会不会脱口而出“巍巍乎高山”呢？

一个人走到夜色中，风细细，微有寒意，清洌的芙蓉花香若有若无，隐约间看到河中水光潋滟，倒映着扶风的杨柳，柳丝拂过丛丛开得正好的芙蓉与木槿。《流水》正奏着，月色漫漫，无边无际。

Chapter 4

恋　物

生命渐趋贫乏，爱却一天比一天丰盈，那些爱的痕迹，隐隐约约，在空中留下了永恒不灭的芳香。

惜物是因为有情

写字的时候，总是将松软的羊毫笔尖在青瓷水盂中预先濡湿。小小的水盂，朴素的灰蓝，在它中心有深灰彩釉的随意一抹，旋着，由浅至深，然后又从有到无。袅然的余韵，像淡墨山水画上的溪流水口，更像印度香升起又飘散的一瞬，仿佛暗含着隐秘的欢喜。

那看似随意的一笔，甚至会让我想起琵琶曲《夕阳箫鼓》，琵琶声里夕阳西下，江水拍岸，鼓乐齐鸣，春江月夜渔歌互答时，转轴拨弦乐曲悠扬的一转。

朋友信手从书架上取下送我时，仿佛是随机的，它本是山中洁净的泥土，曾经经历过多少双手，变换形态来到我的身边？我相信冥冥之中的尘缘，是否它只是为了我而历劫红尘？瓷器本是冰凉易碎的，我却能感觉得到它的气息与温度。它会一直看着我在寂寞长夜静静写字，看到我在一个字一张纸之间慢慢变老，听到我轻轻的叹息，直到它破碎或者我离开。我仍然记得它是易碎的。

往往易碎的东西，便会格外让人珍惜。而命运就像顽童的游戏，越想珍惜，越是容易失手打破。我曾这样失去过不少喜欢的东西，长到足够大才懂得，随缘才是最好的。

随缘是一种生活态度，相对于积极的人生，我更喜欢这样的朴素与随意。我一直是个骨子里不知道快乐的人，对于生活，也没有多少奢望，淡泊无聊的生存状态，也许正是自己心里想要的，所谓性格决定人生。可是，一朵花的开放、一个淡淡的微笑、一句关怀的话，春天银色的细雨打湿朝北的窗，它们风一样随时来临，带来微微的喜悦，我是否也能够将同样的喜悦回赠给身边的人呢？

前年与朋友到郭洞去，那个地方离龙泉很近，我们几个在乡间集市中瞎逛。我在小店小摊里买了些又小又不值钱的旧瓷器，放在一个马夹袋中。马夹袋就挂在摄影包上，于是腰间叮叮当当地一路晃着，被同去的朋友笑为捡破烂，心里却开心。

在西藏，我也买过一堆杂货：银碗盖、旧玉器、茶砖、

首饰盒、银饰、绿松石、红珊瑚、药材、藏香……诸如此类，也不辨真假，像跑单帮一样坐火车拖了几千里地带回家，大部分送了人，也留下一些给自己。当时到处乱跑，顶着高原的烈日，讨价还价，买得又辛苦又开心，一边买一边心里盘算：这个正好合适谁呢……得到是快乐，给予也如此，我期望自己能够快乐与平和一些，并将安详与喜悦带给我的亲人与朋友。就像一只清冷易碎的青瓷水盂，只是盛上少许的水，便可以打湿笔尖，写下温暖的句子。

那些爱也像水，它们蛰伏在我心中，让生活变得温润而有生机。

既然已经学会与生活讲和，还有什么不可以理解、不可以原谅、不可以轻轻放手？任何东西，大不了也不过是失去，而失去又如何呢？我们赤条条来到这个世界上，最后走的时候，能带走的也只不过是回忆，那么，让回忆尽量好一点，再好一点吧，我们能做到的，也只能如此。

这样一想，心中便豁然开朗，连世界也是开阔的。当然不能退得太远。《红楼梦》中黛玉挤兑宝玉时曾有一偈："无立足境，方是干净。"有时也乱想，要清静，要不索性连酒连茶都戒了？如宝玉所说的，"戕宝钗之仙姿，灰黛玉之灵窍”，如何？

细想一想，我才不要什么焚花散麝的清静。人生那么短，时光那样长，尘世间的温暖与小小的放纵、爱与忧伤，都是我要的。

在茶海上也有几只青瓷小茶盏，很小，梅子青，釉色浓郁如水晶，式样简朴，是我刚开始喝茶时买的，时光无痕，它们仍然像刚到我手上一样稚嫩，绿得像门外梅树上刚刚长成的梅子。现在很少用它，放在茶海一角，看一眼就觉得养眼。又想起传说中的雨过天青，一夜宿雨，清晨起来，特意仰望天空，天空蔚蓝，白云如絮。还有什么比得上这样的时光、这样的年华？

况且，窗外蔷薇开得正好，漫天漫地的香。

像我少女时代的水果

和朋友说到樱桃，我说，这样晶莹绮丽的水果，什么样珍贵的杯盘与首饰它全配得上，不会稍有胆怯与逊色。朋友是少女时代认识的，所以玩笑地说：“和你当年一样美。”

我很想接受这样的赞美，但最后还是觉得应当面对现实，所以迟疑着说：“我可从来没有这样娇艳过，那时候的我，如果一定要比一样水果的话，用青梅也许合适。”说这样的话，是因为这些天我们家门前门后的梅子熟了。江南梅子初熟，渐生黄意，正是细雨绵绵，愁绪扯也扯不断之时。

我住的这一隅，正巧叫“梅林苑”。早春时一树一树的是浅粉的单瓣梅花，人走过时暗香盈盈，兜头兜脑罩定你，让你满肺是梅花清冽的香气，俗意全消。梅花开在雪中，有一种骨子里的骄傲与淡定，无论阳光与风雪，它全是平和地面对，不稍做改变。梅花谢时，和漫天飞雪融为一体，整个冬天总萦绕淡淡梅香。

天涯也有江南信，梅破知春近。许多时候，梅花更像一个象征。相对于梅花的孤傲高贵，它的果实则要平民得多。青梅如豆柳如眉，小小的青果，静静躲藏在浓密的心形叶丛中，再也找不到它们。从绚烂到平淡，慢慢地成长。梅花开过之后，樱桃才开花，等到樱桃已经过季，杨梅也熟透，梅子才在树上微露笑意，渐渐明亮，慢慢变色。摘一颗，仍然是酸、涩，很难入口。

我住的小区里有许多果树、樱桃、杨梅、石榴、海棠、桃子、无花果……它们成熟时给了小区居民许多采摘的快乐，只有青梅，每年落在地上也无人理。因为没人管理，果子也不多，要细细寻找才能看到。前年我和女儿摘了一些，母亲做了酸梅汤，放在冰箱里好久也没有人光顾。今年已经和女儿摘过一些，洗净后做了青梅酒，其实只用白酒与冰糖浸没青梅，放着就可以了，据说放得越久越好。青梅酒是适合女人的酒，晶莹明亮，琥珀色，有淡淡的甜味，据说还可以美容。

吃过晚饭，和女儿散步，有说有笑地走过小区石拱桥时，看到一棵长满梅子的梅树，我忍不住又摘了起来，让女儿用汗衫下摆兜着回家。她却是不愿意，说自己是

大女孩了，这样太无礼。无奈，只好像儿时那样，塞满两人的口袋，步也不散了，回家后笑着往外掏，居然也有一大盆。

天有不测风云，第二天我居然病了，挂水吃药，折腾了两天，无情无绪，懒得动手去做糖梅。等到身体好些去看看，它们居然全黄了，真是好看。不知拿这金灿灿的一大盆做什么才好。

因为美所以脆弱

樱桃是初夏最早上市的水果，是这个季节里的一束光芒，那样短暂，只一闪就灭了，只肯让人记住它的绝世容光。

“何物比春风？歌唇一点红。”任谁也拒绝不了它的美。

所以我们就格外想捉住它。樱桃上市之后，我天天买回家，晚上洗净了盛在玻璃缸里，看它们静幽幽地在灯光里眨眼，有时候就会想问：你们想说什么？可它们在灯光下闪闪烁烁，什么也不说。

想起樱桃花开的早春。樱桃花是轻冷细碎的粉红色，在风中零零落落地飘着，轻得没有一点分量，比柳絮要轻，比雪要轻，比心中无缘无故的忧伤也要轻。有时候走在这样的花雨下，心就会莫名其妙地化开来，成了天

边的一抹残云。

樱桃花期短暂，开过后就无声无息。像那些小小的灵魂，在某个时间里突然失踪。樱桃是一种不可以长久保存的水果，清晨从树梢上摘下，晶莹剔透，看上去像一颗颗红宝石一样坚实，但若是用手在它们中间挑三拣四，拨拨弄弄，不到中午它们就全失了色，失了味，到傍晚就全烂了。它们像骄傲的心，唯美而脆弱。

我总是一颗一颗小心翼翼地将他们拈起来，宝贝一样收着，也不过只能保存到晚上。果农说，甚至在树上，它们也不能保留得更久。我想，那是知道分寸也知道退让的果子，自尊地固守着春天花开时的风格，保持它一贯的精致与轻盈，对于时间，它也只要属于自己的那一部分。

樱桃总让我想起消失在灾难里的稚嫩的孩子。每当遇到这样的事件，我不会像许多人那样失声痛哭。我只是觉得世界一直在往下沉没，感到闷、冷、沉重和无奈。也许一切会淡成记忆吧，也许吧。最沉重的时候，我会离开这样的氛围，我不能面对那样多的心痛。终于有一天，在偶然的时候，也许还是上班时间，我在一个空荡荡的空间里，突然流泪。

就是那天，回家时，我撑了一把同事的伞，暴雨倾盆，马路上全是来不及下泄的水，大风将雨脚推向远方，看上去就像河流上的滔天大浪。我赤脚凉皮鞋浸在水中，黑衣裙全粘在身上，只觉得风雨的路程没有尽头。这也许也是生命的真相。

那天回到家，饭后照例是一盆晶莹的樱桃，盛樱桃的盘子是一只冰蓝的玻璃盆，望过去樱桃们就像夜色里的火焰，也像家，明亮温暖。樱桃不是甜蜜的水果，微有点涩、苦、酸。但它是美丽的，不光是颜色的绝美，它的味道也因为有了那些苦涩与酸，所以才重重叠加，让人回味无穷。如果说只有幸福地活着才是对逝者的尊重，让我们寻觅幸福，告别忧伤。如果只有把握今天才是对过去的尊重，那么今天的风风雨雨，让我满怀温柔。让我珍惜每一天。

天上的爱与人间的爱

朋友送了一个八哥。羽毛漆黑，目光如炬，头上的一簇翎毛像京剧里花旦的羽翎那样神气。女儿叫它小 P。鸟儿极乖巧，初到我家，就和每个人打招呼。两天就会向我母亲献媚："奶奶！奶奶你好！"

它最喜欢的人是我，它叫我："妈妈你好！"我走到哪儿它就飞到哪儿。

它也叫自己："八哥你好！"

就是不叫女儿。女儿唱歌，唱了一会儿就来告诉我："这坏八哥，说我是你尖叫你尖叫！"

下班后和它玩，它一步不离地跟着我，待在我的脚边，小狗那样温柔地看我，也允许我摸它的脚、头和翅膀。我一摸它，它就竖起毛咕嘟咕嘟地叫，似乎有点怕痒，但不跑。

女儿也想摸它，它不许，嘟地一下飞到我的头上不肯下来，甚至有一次钻到我的外套里。

女儿生气，教训它：“不许叫妈妈！这个人是我的妈妈！”

它才不怕，跳过去啄她。在没有人理它的时候它就自己说：“你好！再见！好的！”吹口哨，学各种鸟叫、鸡鸭的叫声。所以我有时就疑心它是从农村里飞来的。

它也有怪癖：一定要用粉红色的脸盆才肯洗澡，不然宁愿放弃洗澡的乐趣。有时候我让它自己进笼子，它不肯，还要玩一会儿。我坚持，它会很不服帖地自个儿进了笼，独个儿生闷气。这个时候可不能惹它，否则它会怒发冲冠，冲过来啄人。

有一天还没有下班，女儿打电话给我，听到她在哭，我吓了一跳。她告诉我：“八哥飞走了。”原来是母亲给她洗澡，开着窗，它从窗口飞走了，一下子就不见了。

我不甘心，它那么依恋我，我相信只要看到我，它一定会像往常一样飞到我头上和肩上来的，所以我在小区四处寻找，傻瓜一样地对每一个树丛叫：“八哥八哥！妈妈在这儿！”

祥林嫂那样地四处叫了两天，引得人人侧目。

第三天，女儿打电话给我："八哥就在对面楼上！在叫呢，奶奶听到了！"

下班回家后母亲告诉我："就在对面楼顶上，一天中来过三次，叫它一声它就跳出来一点，一直跳到屋檐边上，但是不肯下来！"

我看到阳台上放着它的笼子，食盆里满是面包虫，粉红色的洗澡盆，可见母亲的苦心。

星期六是机关学习日，我刚要出门，听到屋顶上它在叫，抬头一看：两只八哥！我看到右边那只赫然就是我家小 P，就激动地叫："八哥，你下来啊！妈妈在这儿呢！"

它往外探头，叫了一声。

另一只八哥箭一样地飞走了，它犹豫了一下，也飞走了。

在我走过对面墙下时，又听到它叫，抬头一看，它在檐边看我。我停下来，又苦口婆心地劝它，它就是不肯下来。

那天我开会都迟到了。它现在很少来这儿了，有时会也在对面的屋顶上叫。

我想，它是找到自己的爱情了。在这样美好的春天里，它们双双飞翔在蓝天上，看翅膀下河流缓慢流过，看油菜花金黄一片，看一棵棵大树间百鸟飞翔，多么好呀！

我不知道明年会不会有它们的孩子也在对面的屋顶对着我们家唱歌。鸟儿们自己的语言是多么美丽，它们才不稀罕人类的语言。

还有，鸟儿飞走后女儿大哭了一场，但我回家时刚到家她就把我拖到一边说："妈妈你不许怪奶奶噢，她已经很难过了。"

父亲为我种下的福泽

父亲爱种花，我们住在菱湖时，每年秋天总是要种上上百盆菊花，春天从窑上直接批了花盒回家，在墙根码好，三四月间，搜集各种好品种，找来大量泥土，开始培育花苗。

每年盛夏，总能看到父亲站在院墙上，用一只桶从墙外的水塘里吊上水来，放入大水缸里，养一养用来浇花。整个夏季，浇水施肥摘心。到了初秋，各种色彩便从花蕾里慢慢沁出来。

这个时候，我开始送人，朋友、同事、小姐妹，带人回家让人家自己挑，知趣的挑上一两盆，最贪心的家伙甚至推个小推车来装花。我不以为忤，笑嘻嘻地随人家挑到满意为止。父亲总是在一边热心地替人送花到门口，让人家明年再来。

等到菊花盛开时，家里的花的数量是种的时候的三分之一左右，全都是挑剩下的，但依然开得极好，我家的大园子里姹紫嫣红，充满了秋天灿烂的气息，父亲就会泡一壶茶坐在阳台上，在秋天散淡的阳光里微微眯了眼，看这一园子的花。

我在想，我有这么多好朋友、好姐妹、好同事，花一样的友谊与福泽，是不是父亲那时有意种下的呢？

前天中午，买了两盆菊花送到父亲的坟上。花还没开，但看得出是老品种“金背大红”，父亲当年也种过这个品种的花，正面的红色与背面的金色全是那样纯正，不知这两盆开起来会怎样。

公墓里静到极致，连松涛和鸟语都没有，阳光温和，一如多年以前。一个人坐在父亲坟前的过道上，我也眯了眼注视远处，公路上来来往往的汽车，小得如同玩具，像多少年少的记忆阳光一样泼洒下来。

似有似无的风中，有隔世的香。泪水终于落了下来。

相濡以茶　随心而安

青花瓷小茶杯里的茶水慢慢地漫上来时，我的心中也满是温情，细细的白瓷洁净到了过分，清亮的茶汤也清到了极致。杯底有传统的团花，青花沉淀在琥珀色茶汁中就带了一点绿，宁静得像是另一世的谶语。

我还记得另一世吗？如果记得，为什么这么模糊？如果不记得，为什么我会无端为了一杯茶而心绪缠绵？人生，早已经走到了没有底色的淡，那些云的起落、风的过往，那些不为人知的痛如暗夜飞逝的流星，早已经远到难以回首与眺望。

小小的紫砂壶，只适合我一个人用，乍看时石头一样粗砺，触手却温柔温暖。我知道它内心芬芳，它的温暖可以直达心底，可是只是除了我，又有谁知道、谁在意？所以它握在我的手中时，我的心中满是温柔与怜惜。一把壶，就像一份感情，看着它时也知道这样的好有多难得。一日一日的养护，爱的投入与相伴，纵然是壶，也会一日美于一日，也会有了灵气与感觉，但谁知道它什么时候就会碎了，就再难收拾？当它们还是山中的泥土时，对于红尘俗世的生活向往过吗？是否想到过会有这样一个春天的下午，它在我满怀温柔的手心？

就像贾宝玉，当他还是青埂峰下一块补天无望的顽石时，怎么能想到，命运既定，自己却一无所知的际遇？

这两天在读《红楼梦》。初读《红楼梦》，我尚在小学三四年级，字都不识得几个，读时半通不通。彼时书少，更别说儿童读物了。我爱看书，逮到什么看什么，看到不认识的字就跳了，乱读一通，如此居然看了不少书，慢慢地文言的也能看了。看过《红楼梦》后，只觉得是姐妹们乱乱的吟诗喝酒。再读《红楼梦》，刚刚参加工作，那个时候我深思善怀，在意的是宝黛的爱情与姐妹们诗书唱酬的清雅，其中一些诗，我至今仍然能背出来；再往后也断续看过，偶然翻几页，不过是休闲一路读法，却是年纪越长，读到的越多。

转眼又是许多年。今天读时，许多细节暗含其中，我已经能够看到。真是好。不过，现在任何书对我来说都是闲书了，任何无聊无趣的生活我都已经懂得珍惜，不再轻易落泪，却会为微小的事物喜悦微笑。

一壶茶，一本书，窗外的无边春光与内心里的满与好，仿佛相逢时的惊喜：秋兰兮蘼芜，罗生兮堂下。绿叶兮素花，芳菲菲兮袭予。满世界的芳香，素净又明亮。春天仿佛不露痕迹，但那些细节、那些掩饰不住的芳香，我是一直看到、闻到的。

给自己倒一杯暖暖的酒

天渐渐暗下来，风微寒，雨丝细得若有若无，斜如系风筝的线，仿佛有谁攥着，一放手就会飞起来，却下得密，来来往往织成一匹纱帘，车与人俱在雨中匆忙地走着。天与地、人与人、车与车、路边行道树之间，都有了距离，一切皆变得冷漠与不可企及。待在寒风里，想着过往的一些事，心也变得冷冷的。雨丝刚刚飘到离我一尺之遥的地方，我没有伞，站在一个酒屋的门口，等过路的出租车，等雨停。

耳边有温柔的女声：“雨看样子还不会马上停呢，进来坐一会儿吧？”

回头时看到的是一个成熟女子含笑的脸，她的背后有一排排原木架子，直到高处，架子上端坐的是进口葡萄酒，不同年份、不同产区、不同颜色，像一朵朵来自异域的微笑，带着温暖与神秘的气息。我亦微笑：雨这

么密，风这么紧，真的不如回头细细看酒。

我一直喜欢酒，喜欢喝也喜欢藏，酒是一个懂得珍惜的朋友，隔了一些年份再看它，总是更为深情与浓醇，所以喜欢它们是对的。

女人宠溺自己的方式有许多种，我很少会为自己买贵的衣饰，所以在这样微寒的初冬，买两支红酒送自己，也许是个很妙的主意。

与几个贪杯的要好女友喝酒时，往往会豪饮。我酒量不太好，但是也不肯示弱，一杯一杯乱喝一气。幸亏没有大醉失态过，至多也不过是微醺时的种种憨态。大凡豪饮的人多有侠气，女友们多年来也算得肝胆相照，但如果醉了，就像一支歌唱到高音处走了调，失去了其中美的细节，而且可惜了那些好酒。最适合豪饮的该是家酿的米酒，度数低不至于伤人，又香又甜，半是饮料半是酒，“绿蚁新醅酒，红泥小火炉。晚来天欲雪，能饮一杯无？”……场景人物，全是中式的，这样的酒，大碗小盏，皆是合适，多喝几杯，自然也无妨。白酒太烈，黄酒性寒，而红酒，其实只是适合细细品的。

在那样遥远的地方，他乡的阳光下，葡萄树从一棵小苗，经历了多少风霜，才开花结果？从果实到酒，又经历了多少时光的历练与期盼？从橡木桶到我们的杯中，一点点地变幻，一丝丝地成熟，多久才变成今天的模样？它们来到我们面前，又走过多少路，静静地等待过多久？穿过一路风雨，那茫茫海上无际的眺望，又是什么样的缘分？

这样的酒，像深思善怀的女人，细细品时，有万千的变化，有无穷的味道，怎么可以轻慢地一饮而尽？现在，它们静静地等待我有情的手。

被店主特意散乱地放在地上的藤篮中的，是德国威特驰酒庄的冰酒：金冰王、蓝冰王、冰红、冰白、晚秋清甜、贵族冰甜……她笑吟吟地点过去，果香与花香味就暗暗袭上心头。它们如此精致华丽，也许是最适合女人喝的酒，也适合配中餐与甜品。我看哪一支都好，却并没有下手，它们一支只有375毫升，并不便宜，初秋的时候曾有朋友送过冰红，打开尝了尝，过了些天再找它的时候已经没有了。问起时，女儿一脸无辜道："我看着瓶子好看，拿上楼去，喝着味道甜兮兮，每天做好作业就抿一口，一不小心就喝完了。啊啊，真是好喝啊……"这家伙还做悠然神往状，让人哭笑不得。

最后中选的是两瓶法国波尔多产区的酒，一红一白。波尔多产区是全世界好葡萄酒的最大产区，生产的葡萄

酒口感温柔，入口细腻清雅，很是女性化，被誉为“法国葡萄酒王后”。我选的一支是列级名庄龙船庄的副牌酒小龙船，虽是附属产品，但也是名门之秀。另一支是玫瑰园的干白。我不太懂葡萄酒，也不想花太多的钱，买个喜欢，副牌酒是个好选择。

和女老板细细讨论这个那个酒，门外仍有雨，门内却人情温暖，雨欲停未停之际路灯全亮了，小伙计撑了伞替我在门口等出租车。

到家时雨点又密起来。不知怎么，两支酒从盒中摔到地上，声音清亮如酒溅开，却是有惊无险。心里一紧，然后是惊喜，像一个故意加点曲折的故事，拍着胸庆幸没有选精致的冰酒。

回家后忙忙地开了“小龙船”，喜滋滋地等酒醒。灯光下酒色深邃宁静，微微的光泽似午夜流转的星光。忍不住尝一口，浓郁的果香布满了舌头的每一个角落，随之优雅的新橡木的香、成熟流畅的单宁，仿佛是新鲜的红色花朵开满每一个味蕾，百般温存。和谐、有力，直入心腑。

龙船庄就在波尔多左岸名村圣祖利安村、靠近吉隆河边的土地上，美丽的后花园一直延伸到河边，龙船庄是作为一份奢华的嫁妆进入波尔多地区总督家的，尔后总督成为法国海军总司令。每每河上有船只经过，为了表示对海军总将的敬仰，都斜下半帆以示敬礼，所以酒庄的标志就以一艘下着半帆的龙船为记，并以象音单词“Beychevelle”代表“Baisse-Voile”作为酒庄的名字。它是波尔多最大的酒庄城堡。

而选玫瑰园，仅仅因为酒瓶上那一枝微斜的花枝清新入眼。许多时候，人就是清浅到只看表面，只凭直觉，我也许就是那样的人。

在这样微寒的初冬，窗外的雨丝不绝如缕，路灯暗淡，有多人在外为生活匆忙行走？所以在简朴的家中，温暖的灯下，下厨做几个合意的菜，独自品尝或者与家人共享，浅浅的，只半杯，真是一件让人心生温暖的事。

这样的情境让我想起一句诗：“面朝大海，春暖花开。”

冰川之上的自由之花

山路越走越陡，四周寂静无人，汽车的发动机吼得低沉，听上去像很累的挣扎。

人在车中，车在山中，在超越了生命禁区的高原上，因为缺氧和高原反应，车内沉默着，我也不说话，但是眼睛却不闲着，看一路年代久远的冰川，藏匿在厚厚的沉淀积云中，偶尔有阳光从云层深处一束一束地投下来，积雪的山峰银光万丈。我戴着墨镜的眼睛，依然微微疼痛。车窗上有沙沙的冰粒，很稀，像是偶然浮出回忆的往事，茫茫然一片。

没有村庄，没有树木，也没有牛羊，生命变得艰难。但是这样的地方，却有世间最美的景色。冰川下依然碧绿一片，是千万年间积累下来的苔藓类植被，绒绒的，向云霞中延伸。那是我看到过的最丰富的绿，从嫩芽的松绿到墨一样的深黛，其间千变万化，难以言述。而它

们之间的过渡又如此自然温柔，不着痕迹。

在绿色之间，隐约有星星点点的紫色与黄色，像绿色调色板上不小心溅上的点点明艳的颜料。心下惊叹，问：“那是什么？”

朋友的回答也是不确定的：“会不会是花啊？”

车终于停下来。我裹着厚厚的棉衣，低着头，慢慢地从车内出来。风很冷，缩着身子看到的第一眼就是地上的那些小野花儿，迎着风雪，开得自在而任性。

它们看上去仍然是娇嫩的、鲜艳的、美丽的、骄傲的。与平原上的花朵不同的是，为了抵御高原上的严寒，它们的花朵更矮、更瘦小，有点缺水的样子，花枝上覆盖着白白的细小绒毛，像穿了冬衣的高原少女。

拍得很艰难，蹲下来时喘息不定，心跳的巨响让双手握不住相机，对焦成了很艰难的事。喘一阵，拍一阵，终于在还是拍下了些照片。直到今天，看到照片，想起它们，内心的感动仍然无法言说。

我自小便在卖白兰花的吟唱中长大，所以还是看过一些好花的。但纵然四季如诗，花香不断，我还是如此心折于高原上的野花，心折于它们的自由与平和。也不知道它们香否？花无法选择土地，像人无法选择命运，但是，即使在那样恶劣的环境里，花儿还是可以选择独自开放。而在寒风冰雪中，这样的开放，便成为荒原的旗帜。

总是为种种尘事所扰的我，是否也可以更加清远宁静？有幸生长在江南，陌上花开，便可缓缓归，一路细雨如丝，看青瓦素墙衬柳烟桃雾；再过些日子，荷叶荷花便做了香馔；秋月窗下一壶茶，桂花染透了月色；踏雪寻梅，古寺前折花而返，脚印慢慢被雪覆盖……多么好。

也许，我们不能选择得更多，但是我们也可以让自己的心情像花一样开放。而现在，办公室的茶几上，朋友送来的名唤“小桃红”的素心蕙兰开得正好，十四五穗淡绿的花苞，各自开了几十朵儿，一室淡香直沁人心。花下是一壶好茶，亦是清香萦绕，窗外晴空如洗，秋天又一次来临。

要宠就先宠自己

与女友瑛路过星海名城前的翔顺专卖店，看一橱窗锦衣华服，便管不住自己的脚，跑进去瞄一眼，真丝服装飘逸轻盈，更适合家中穿，所以翻来覆去看的只是家居的睡衣裙。

如水的丝绸滑过手心，心也轻软得像水一样漫无边际。

这件不错，那件也好，只是价格贵得不讲道理，一不小心，便是四位数。

贪婪地捏住了衣服角不肯放，嘴里唠叨不休："怎么要这么贵的！才多少衣料？做着也不麻烦的，明明是抢钱嘛！"

瑛在一边数落我："你这个女人就是这样一点条理都没有的！我看你已经有不少真丝睡衣和裙子了，要做饭要拖地的，犯得上这么穷讲究的？再说了，家里穿的小东西，花上那么多钱值吗？”

我委屈极了：“我哪儿买过那样贵的睡衣？我的真丝睡衣服全是趁着打折时买的便宜货。”

瑛的母亲曾是有名的裁缝，所以她常会在心中估算成衣的成本。在这个品牌年代，和她一起出门买衣服真是一种痛苦的折磨，她常会在你准备掏腰包的时候，当机立断地算出一件衣服的成本，让你心痛到不由自主地收手。

我恨恨道：“就你名堂多，留着你的钱给你老公娶二房吧。”

最后替自己买了一条胭脂红的吊带裙，比乔其丝厚点的真丝，打折打到了等于送，太薄，只能当衬裙穿，当衬裙其实颜色却不对。不过总算是解了馋。

很少替自己买颜色娇艳的衣服，但是这种打折的裙子只有这一种颜色，没有选择的余地。

小小的一握捏在手中，像含苞欲放的芍药，皱皱的，真好看。

天色阴沉的傍晚，对自己小小的好，捎带着小小的喜悦，是灰色日子里的一朵胭脂红的花，慢慢地洇开。

女人好色

单位搬迁在即，相关人员正紧锣密鼓地装修。早上上班，书记叫我到他办公室，给我看一大块表面亮晶晶的米色窗帘布，问："用这个落地窗帘好看不？"

我老实不客气地说："这帘子也太亮了，不庄重。"

他又说："其他办公室与大厅用什么颜色好？"

我说："蓝灰，灰色带一点点蓝，雨过天青的那种颜色。"

说完后我就笑了。"雨过天青"是这几天我说得最多的词了吧？

从小我就喜欢浅浅的灰色，而今年岁既长，依然不变。灰色那样淡雅的颜色，中庸、隐逸、入世，不像纯白那样明亮出尘，沾不得一点俗世之气，也不像黑色那样绝对，有一种深与暗的尖锐，而是模糊轻盈的，中国水墨山水画中，白与黑之间，深深浅浅的灰色是温情的渗透，美得不着痕迹，像传统的中国女人，初见只是一派宁静，久了就会沉溺，入骨入心；亦如一杯淡白的中国酒，喝着喝着就醉了。

灰配粉红，配白与黑，配紫……皆是好看，所以女人们几乎都有一件灰色外套。如果再加一点点蓝，再加更少的一点点绿呢？

青色。青，是一种梦幻至极的颜色，神秘，难以捉摸，是回眸前世时眼角那一转而逝的光芒，是雨后树梢上飘落的薄薄的梦的碎片。又想到雨过天青，究竟是怎样的一种颜色？就像我们所说的林黛玉，究竟是怎样的容颜？她的名字，青色的玉，是怎样黯然忧伤的凝结？我想的和你想的一定不一样。

灰色，加一点点紫，是另一种极美丽的颜色——灰紫。少年时我曾经喜欢过那样的温柔，如今女儿也喜欢。

渐渐地接受了黑色，因为已经到了可以承担黑色的年龄。衣橱打开，一片乌漆抹黑，黑色占了绝对优势。被女儿称为“黑帮”也不止一年了，倒也不是如何喜欢黑色，但我好像就是适合这个颜色。也曾想过改变，早几年甚至曾听了一个时尚的女友的教唆，跟着她买了一套葱绿麻衣配桃红麻裤，宽大飘然的样子，到底是压了

箱底，不敢如此招摇。

其实米色也好看，只是我不太喜欢，我喜欢冷调的颜色多一些。好像也不只是喜欢冷调，纯度很高的金黄、明黄、明亮的秋天景色，或者油菜花的盛开，都会让我惊喜莫名。若是可以画画，我喜欢用这样饱满的颜色，像充满了激情的内心。

抱了厚厚一本几百种颜色的窗帘样品到办公室来看，还是找不到我想要的蓝灰，只好找了一个相仿的颜色代替。有一点遗憾，但是又想，如果一大片想象中的颜色铺开，天天生活在这样的色彩中，是怎样的奢华?也许久了就会熟视无睹，有了审美疲劳，以后未必就会一直喜欢这个颜色。所以，没有更好。

更怕的是大家不喜欢这个颜色，所以不如没有。想象中的永远比现实中的美丽。

喜欢便好　不必拥有

关于“雨过天青”，我听到过两种说法：一种是春夏雨后新晴，阳光初露之际的那种明快天青色，说得神奇的，还有如絮的云彩；另一种说是秋日雨霁，天空半阴半晴，略略带着灰调子的蓝。两种颜色都是我喜欢的，更喜欢的是“雨过天青”这个名字，好似有一点点的透明、一点点的忧伤。

当年，柴荣信口吟出这四个字时，也许并没有想到，只是这充满了想象力的四个字，已经让许多人痴迷。如今我又步其后尘。

我是个形式主义者，听说曾有这样的瓷器时，心中认定一定是绝世美物，心向往之，而世间万事万物兜兜转转，总转不过一个“缘”字。

当它的主人慷慨地从保险箱里拿出他的宝贝让我们

鉴赏时，我心心念念惦记的还是“雨过天青”。看过几件宝贝后，便很不礼貌地追问：“你的雨过天青呢？”

主人从另一个保险箱深处取出一个用一层层绵纸包着的包裹，一层又一层地打开，露出晶莹剔透的釉色，明净得像蔚蓝的天空，上面有蓝绿冰纹，整个瓶不到二两，纸一样轻。

交到我手上，我细细地看，美呵，这样的蓝色。我闻得到青草与樟树新雨后浓郁的清香，也许还有鸟儿翅膀轻轻拍打的声音。也许有前缘，总之一见倾心。

“也许是个仿制品，”主人笑着说：“因为它有落款。”

我笑着说：“真品、仿制品只是价格不同，它的美丽却是无法否认的。你只是收藏，又不肯出让，依我看，真假不必深究，喜欢就好。”

清人张潮说，天下有一人知己，可以不恨。谁会将这瓶子引为知己，不论它的出身与价值？谁曾与这瓶子月夜相对、无语相守？而我只是隔了无数年代远远相望，绿蚁新酿，红泥火炉，一枝寒梅半窗雪，便是一瞬好光阴。

一直喜欢青花，喜欢青瓷是从喝茶开始的，如今家中喝茶的就有几个“梅子青”小杯，釉色温润，晶莹透亮，整个杯子全是厚厚的釉色，在杭州买的。当时老板还推荐一只豆青的公道杯给我，好看，因为价格超出我的想象，所以没有下手，听说以前青瓷采用“玛瑙入釉”，想着都是奢侈。

这个世界上有许许多多我们喜欢的东西，不可能样样遂心如愿属于自己，就这样看一眼，短暂地握在手中，已经很好了。

再想一想，如果所有喜欢的东西全属于自己，那么相聚时的短暂欢喜，分离后的长久怀念，生活的种种酸甜苦辣，全没有了体会，生活岂不是太无味了？甚至有一天，拥有的一切会全成了负担。

所以，只是看一眼，就好。

我其实不懂

六七个人，私人间的那种闲散饭局，在一个叫香湖楼的农家酒楼。酒楼是一座农民的楼房改建的，屋前一大片空地，种了各式蔬菜，围着竹篱笆，篱笆后一个小小草屋，养着野鸡山羊什么的，屋后是一片微微高起的土坡，石头垒起的墙垣上绿色藤萝爬了一半，再远些是低矮的小山，听说叫将军山，上面是一片松林，森森然的，我们猜也许是个古坟。

我站在屋后，看将军山前的浓郁绿色，野蔷薇白色的花瓣开得像星星一样，一条干涸的水沟里丢着废弃的红灯笼，像被遗弃的温暖岁月。

天空真是干净，淡淡的蓝是透明的，有丝丝缕缕的云絮浮动着。水在屋子一侧微响。若能筑庐于此，过悠闲自在的生活，每天看书喝茶，看云霞起在山后，听细雨落在石阶上，种菜茹花，如何？即使只是偷得浮生半日闲，也好。

吃饭时，座中一个朋友恰好是爱好收藏的，说起他的收藏，件件是宝贝，纵然初见也能看到他性情可爱之处，他漂亮能干的妻却不以为然，笑说他拿了那么多钱买了一大堆没有用的破烂回家。

我喜欢这些，便请教他。席间也只有我半懂不懂地与他和他的妻子谈论这个，说玉，说瓷，说得多些的便是德清亭子桥战国时期的官窑址的原始青瓷，他说他有几件。

由青瓷说到“雨过天青”，他居然说他也有，吓我一大跳，因为我听说并没有什么存世的。虽然我不太相信他真的有这样的稀世奇宝，但还是忍不住问他，究竟是什么颜色?

他望着远方，微笑道：“雨过天青，你想象大雨过后天空那种蓝色。”

我说：“听说那样的蓝色中，还有丝丝的白絮，就像白云，是吗? ”他微笑不语。

我向往道：“要是能看一眼多好。”

同事与他相交半生，熟极，便大包大揽，自作主张道：“明天就带你去看，没什么打紧。”又对他老婆道：“让

你家阿姨多烧几个菜，我们明天中午就去的。”

他夫妻俩笑着应了。我想一想后硬着头皮又问：“我能带相机来拍吗？”那位先生慨然道：“没问题。”心中雀跃，却只能端然而坐，微笑谢过。

说起，才知道他家也有与我一样的单反相机，不太会用，我自告奋勇，说可以教教他们。窗外雨声点点，落在紫藤的叶子上很是好听。

为君沉醉又何妨

所有的不期而遇，其实都曾经是无涯沧海里的不懈等待我的遇见，是生命里的一场惊艳。

那年春天，空气微凉，山腰有淡淡的云雾。车过山谷，窗外风景沉静，雾茫茫中连绵不断的绿树黄花一闪而过，我是那个漫不经心的看景人。山谷平缓，四周修竹环抱，风吹草低，如浪涌动。

遇到我，在她生命里最美丽的时刻。

我看到的也许只是一个幻象，也许她是我的前世，总之在初见她时我心跳如鼓，目光如丝，拉扯不开。

一棵开花的树，确切地说，是一棵开花的紫藤。在这深谷最中心的位置，深黛浅绿中，那样纯正的浅紫色，满满地、浓密地、不容置疑地涂抹了最美丽的一笔，光芒一样地伤到我，让我内心充满了喜悦与忧伤。

这是我的花，我很确定地相信，她在这深谷等待的就是我，等了很久了。也许前世，我就是那个园丁。有如《红楼梦》的故事，只是如今她仍然是一棵等待的花。

只一闪，我记住了这个山谷，就像回想起前世的许诺。我在车上回头，远远地还能看到那一抹淡而深远的紫色。

又是一年多。我终于有了自己的房子，明亮的窗，黑色铁栏杆的阳台。夏天的风吹起窗帘。窗外是玉兰、合欢、桂花，从春天到夏天，到冬天，陆陆续续地有花香隔了纱窗漫过我的梦。梦里有清晰的紫色和无边的等待，我不会忘记。

到了秋天，落叶如蝶，山谷里会是一片金黄吗？那么她还在吗？古代有太多多情人因遭遇薄情人而魂魄归西的故事了。人如此，花呢？我生性凉薄，处世淡漠，恰好是个无情人，为何会为了无名山间的一棵野藤而魂牵梦萦？她独在山中，又会不会化为寂寞美人，日暮倚修竹，伤感于无所依傍？

终于有一天找过去，也许真是有夙缘，居然在一些野竹乱草间找到了。落了叶的时候，她只是几根干硬的树枝，但我们还是找到了。我要感谢同去的朋友，我一个是无法将它移到家门口来的。

她在我家门口静静地生长，只是倔强地不开花。如果没有见到过她盛开的样子，我会怀疑她是不会开花的。浇水施肥，一年，又一年，四年过去了。不开花也很好，我喜欢她枝叶葱郁的样子。每天回家，都要看她一眼。好像并没有变化，没有长大，长了叶子，又落了。

去年突然开了一穗花，是一个细小的惊喜，像平凡人生中一个月色如酒的傍晚。

然后她细细的触角飞快地向上攀越，沿着水管，叶子是一只只向上的小手掌。甚至从阳台上向我的房间探头探脑，像一个小小的阴谋，我却懒得理她。夏季过去后，阳台上攀来攀去的是她的藤萝。

又是一年春。阳光一照，突然间我看到了无数花蕾，在一串串挂在还没有长叶子的藤蔓上。真的吓着了我。怎么可以一下子这么多？怎么可以？太任性了。

我不知说什么好，请你分享我的惊奇与喜悦。花很快会谢，但是还会开，是吧？

一棵开花的海棠

清明。一窗夜雨之中，不眠的人，最难将息。雨声密如织锦，窗外的海棠花，空有解语之称，红妆濡湿，在路灯下寂寞不语。这样的夜晚，它们也不见得会睡得着吧？而如今还会有谁，只恐夜深花睡，而红烛高燃？帘影重重，窗外的雨似乎是几千年前的旧友。

无端地想起纳兰的一句词——“一宵冷雨葬名花”。

海棠是一种秾艳蓬勃的花，开时像粉红的火焰，会一下子灼伤看的人的眼睛与心，所以如果有颗脆弱的心，这样的花还是不看的好。在我们小区的门口，也有几株海棠。红花绿叶地盛开的时候，什么花也比不上它们，仿佛它们注定是春天这个舞台上的主角。

当年看席慕蓉的诗《一棵开花的树》时，首先想到的就是海棠花，“阳光下，慎重地开满了花，朵朵都是我前世的盼望”，“而当你终于无视地走过，在你身后落了一地的，朋友啊，那不是花瓣，那是我凋零的心”。那样浓烈而灿烂的爱恋，应当是属于海棠这样能够承受季节的花朵的。

我其实一向并不偏爱海棠，私下里觉得海棠的美艳与我是有距离的。我喜欢那种淡雅细致的花卉，就如我喜欢不着痕迹的生活，而花儿们，才不会因为谁的喜恶而改变它们的开与谢。

只为自己，只为自然。应当开放的时候，它们无论风和日丽还是风狂雨骤，无论在喧嚣闹市还是在无人深谷，都尽力开放。都说女人如花，但要像花一样随意自然，那样真性情却着实不易。我希望可以接近些，再接近些。

读《红楼梦》，看大观园里一干才女在探春所居之秋爽斋咏白海棠，结海棠诗社，宝钗只一句“淡极始知花更艳”，便写尽温厚端丽；而黛玉的“偷来梨蕊三分白，借得梅花一缕魂”，更是清新脱俗如飘扬的白色柳絮。可见，文如其人也应当是的。

星期六朋友们约我去拍照，而我却错过了，因为先答应了小姐妹摘茶叶去。茶山远在安吉溪龙乡，半玩半摘了半天，去时天阴欲雨，三点多回家时却阳光明媚，

天空明净得一尘不染，蓝得像一整块晶蓝的玻璃，中间还有丝丝缕缕白色云絮，心里就安生不下来，取了相机就跑到小区公园。

海棠开得正好，在春天里宛如彩云坠地，如果它们对我说：“如何让你遇见我，在我最美丽的时刻？”我一定会说：“我看到了，并且记住了。”

是的，记下来了。但记忆里的，远比相机记录的更加美丽，就像心中怀念的人永远比现实中的更加完美。

格物致知的树

在东白鱼潭住下后，每天沿着小区小河回家，河边是一带杨柳。之前受了一些旧诗文的影响，觉得桃花薄命，杨柳轻飘，比不得梅花凌雪、松竹岁寒不变的骄傲。

其实松柏那样的骄傲，又怎么比得过看似柔弱不争的顺其自然？这春风里的含苞吐絮，阵雨中的潜生暗长，秋阳照到金黄落叶时的漫天飘浮，寒夜更深中冰雪霜冻亦随风飘摇的柔和，这是一种暗淡无光的坚持，像内心丰满的人，不用表达。

杨柳真是好看，以前看小说写女人身材的袅娜轻盈时总说，“风摆杨柳似地去了”。看来果然是妙极，无论什么季节，我从大柳树下走过时，总是会仰头，柳丝又长又细，在风中纷纷地舞动，像风的思绪，又乱又温柔。

杨柳最好看的日子其实只有几天，就是刚刚吐露新

芽的几天，柳树那个时候是介于鹅黄嫩绿之间，透明得像烟，是飘浮着的，轻薄、淡雅，一看，就让人心也那么嫩得像有水汁在汪着。

就是这几天，就是这几天。只是天天下雨，好不容易晴了几天，却忙得没有时间。

那天骆尘约我们几个小聚。饭后，骆尘去加班，其他三个人贪恋这春夜明亮月色，决定走着去浙北。沿着湖滨公园的河堤往前走，月色圆满，春风得意，河边灯光明媚，而杨柳们仿佛是夜色里千娇百媚的妖精，让我们三个女人心醉神迷，迈不动脚步。

昔我往矣，杨柳依依……

杨柳枝，芳菲节，可恨年年赠离别……

杨柳青青江水平……

我终于知道古代为什么要折柳送别了，如此杨柳，不折已经断人心肠。而我送你的柳条，又是否能在他乡长成一棵树？是否还有那么缠绵悱恻的枝条和纷杂纠结的根系？离人又有几程？

春风又绿江南岸，最先醒过来的便是杨柳，懂得四季的变幻，不强求，不坚持，但是等待。在冬天坚持，是一种煎熬，比如香樟，我所喜欢的美丽的阔叶树，像一个内心强大的女人，在整个冬季的寒冷里，抱紧自己的双肩，积雪压断树枝，霜风吹红了叶轮，而春风只温柔地一吹，它就飘散了叶子。

如果杨柳是女人，就是真正懂得格物致知的人。在四季的轮回里低眉，只是回眸之间，岁月如水，不着痕迹。

所以有那么多的杨柳，在江南，就像有那么多生于斯长于斯的江南女子。

幸福从一只茶壶开始

星期五，接到很久没有联系的寇兄的电话："星星近来有空吗？"

我答："有啊！"

他说："那你哪一天空些？我这些天有空，要不一起去宜兴看壶？我认识一个地方，有手工的朱泥壶。"

我大喜，笑着说："我明天就有空。"

星期六，约了六个人，开了一黑一白两辆车，兴冲冲地向江苏方向而去。

寇兄给了我意外的惊喜：他带来了我多年不见的故人钟。虽然一直在同一个城市，我们却已经记不起有多少年没有见过了。十年？还是更久？虽然也有时偶尔会看到他的画，却是只闻声，不见人，见了，自然欢喜。

多年不见，旧朋友看上去更加沉静和淡定了，不见锋芒，微笑谈话皆如淡墨一样。想起不久前见到的另一个画家朋友，也是多年未见，他却个性张扬，色彩分明。这是否因为一个画国画，而另一个画西画的缘故?

翻开特意带给我的画册，扉页上的落款文字，甚至端正的小楷都让人感动。粗略地看了一下他的画，细腻而有古意，少了人间烟火味，还仿佛带着点淡淡的孤寂与忧伤，虽然觉得稍纤弱了些，但还是十分喜欢。菱湖的老桥廊屋，古槐榆钱飘浮在记忆中，光阴如水，人却依然。

这两天天气奇寒，我将自己包裹得严严实实：帽子、围巾、羽绒衣。车一路过去，江南的冬天淡而温柔，枯黄浅褐之间，依然有青绿的草叶，香樟树在阳光下生机勃勃。

坐在女友的车中，嘻嘻哈哈一路往前，转眼就到了宜兴。几个人先去了一个石头集市，一路逛，大大小小各式各样的奇石与石雕罗列四周，我们指指点点慢慢看着。我心里暗忖，要是能在乡间建个小小的庭院，这些美丽的太湖石是一定要放上几块的。

吃过饭才步入正题：看壶，看茶具，还捎带着看旧玩意儿，反正没有什么正经事儿，赶上什么看什么，所

以看得散漫而随缘，几个人三三两两，东看西瞅，讨价还价，很是惬意而自在。走着走着，想起李清照的两句："枕上诗书闲处好，门前风景雨来佳。"呵呵，闲适随意，便是好的人生。我性子急，先下手买了一个绿瓷的公道杯。

寇兄带了我们去看的朱泥壶作坊，是一对父子捎带一徒弟。父亲是个残疾人，儿子却很端正聪明的样子。门面简朴而寒碜，身后却垒起一堵墙一样的泥料。

纯手工的壶，做工走的也是朴素大气这一路，架上只有几把壶，式样也少，但是泥料真的还不错，寇兄问价时，也许是因为认识，做壶的父亲说了一个便宜得让人呆一呆的价格。

我们也呆一呆，便同时出手，架上的壶一下子全到了我们手上。

那边做着壶的儿子却突然大怒，斥责老父亲，原因是价格太低了，而老父亲并不作声，像做了错事的孩子。当时我手中握的一只漂亮的朱泥小品，正好是儿子的作品。他愤愤不平地对我说："不如送你，你拿去，不要你的钱。"

我笑道："正好我是个厚脸皮的人，你若送我，我乐得不付钱给你。我真拿走了噢。”又正色说：“小伙子，卖不卖没关系，只是别那样对你的父亲。”另外的朋友也七嘴八舌如此说。

后来是儿子做的壶按儿子的价格，父亲自己做的壶按父亲报的价卖给我们，就算是比较圆满的解决方法。我买了那个父亲做的朱泥的一粒珠，又买了一个徒弟做的潘壶。想来会养得漂亮。

回家打开战利品，壶、杯、红木底座、石头，如此乱乱的一堆。女儿翻看我的宝贝，突然很有幸福感地对我说：“妈妈，我觉得我们家境还是蛮好的啦。”

我又呆一呆，不解：“为什么这么说？”

她说：“喏，我们生活之余，你还能有钱买玉啊壶啊这一类的东西，就是不错啦。”

我开心：“不错不错，你不嫌妈妈穷，不嫌妈妈不懂事贪玩乱花钱，还很满足，今天这壶太值了嘛。”

每天与家人泡一壶好茶慢慢品，生活无限的味道就在茶汁中渗出。如果茶本身的味道既定，那么我们至少可以让杯盘壶盏更精致美丽些。

梦中的绿手镯

我不大做梦，但是偏偏连续两次梦到手腕上的手镯碎成了几截，梦中那样的惋惜与心痛，醒来后还让人难过。左手上戴的是两只扁扁的和田碧玉手镯，深绿色，很坚硬的质地，它们让我这样粗枝大叶的女人，东磕西碰了几年，仍是纹丝不动，怪不得古人要以玉传情，投之木瓜，报之琼瑶。

我喜欢听玉相互碰撞的声音，清脆细密，有一种古典的清冷，玉与玉之间，会有什么话要说呢？我想知道它们的细语，却永远无法知道梦中的玉碎如此清晰。不知为何，碧绿温润的玉镯在地上碎成了几截，我侥幸道：也许只碎了一只？却是全碎了。玉的绿让梦的记忆也是幽幽的深黛，带着一点忧伤。

我宁愿不相信兆头之类的说法。之前曾和一个姐姐坐着喝茶，聊天时她曾说起，老是梦到找不到她的车了，当时我像个巫婆一样说，那是因为你怕失去吧？环的圆象征了一种久远，无始无终，无休无止。而我，好像已经不能再失去什么了。想想世间万事万物，来与去，自然有它的道理，瓜熟蒂落，水到渠成。而强求就像被生生折断的树枝，总有苦涩的汁液涌出。

腕上仍然是一痕碧绿，因了它们，颈间亦配了碧玉的平安扣吊坠，世间的一切，虚幻处如梦，坚实处却如玉如石，而人生，只要平安便是好的。

Chapter 5 餐桌上的深情

因为有了颜色，有了幸福，因此有了爱与眷恋，并且传达给你。红尘中最简单直接的表达：请你在我的餐桌前坐下来，细品我的晨光与暮色、苦涩与甜蜜，任窗外流年匆匆。

拌 柳 芽

还在去年秋天的时候，女儿就对我说：“明年春天的时候，我做拌柳芽给你吃啊。”

不知道是在网上看的还是听说的，她絮絮地说着做法：要早春刚刚萌芽的柳芽，带着小朵未曾张开的柳花，用指尖摘了，不可伤着，洗净，焯水，再凉拌。

“那是春天的味道呀，”她笑眯眯地说：“有点微微的苦，清香，脆嫩。”

以后又说过几次，她总觉得，这是个极其美味的菜肴。

飞雪漫天的时候，家门口亭子一样大的柳树盖满了雪，像一间间小茅屋。从树下走过，雪块噗噗往下掉，弹出来的柳丝，眼见得就泛着些青色，也愈发柔软了。

雪刚一化，寒风中的柳丝就开始绽出绿芒，接着，细小的绿苞苞就长出来了。

从来没有那样关注过它们的成长。“只要多一天，它就会老了。”女儿道。

风渐暖，终于到了恰到好处的一天，像一个少女的十三岁生日，不早一天也不晚一天。傍晚散步时，女儿开始采摘柳芽儿，好玩的是，她边采边和柳树道谢，满嘴的谢谢，我想不笑都不行。采了很久，不多，刚好一盆，因为它们很小。

女儿细心地摘去了柳芽的褐色苞衣，焯了水两次去苦，用了许多奇怪的调味品凉拌，甚至用了柠檬汁与青芥。她喜笑颜开地让我们先尝。我吃着不错，笑着说:“很好啊，不苦，有一种奇特的青草香味。”

她才吃一口，脸色就黯淡下来，柳芽的口感有点糙，没有她想象的那样脆嫩，因为她想了半年，一直以为这是一种无与伦比的美食。

想象与现实总是有距离的，相信这样失望的感觉，以后她在面临生活、爱情时，有时也会遇到。我却真心觉得好，笑眯眯地对她说：“妈妈真是觉得好吃得别致呢。”然后将女儿精心炮制的拌柳芽吃完。

玉兰花饼

门口有几棵很高的玉兰花树，花落下来的时候，地面上盖满了大而洁白的花瓣。像白色的火焰，被春风点燃，然后熄灭。

知道玉兰花是可以吃的，但只是知道，没尝过。每年空落落地看着它们谢去，总有点馋，有点惋惜。现在它们就明晃晃地开在窗口，风吹来掉几片花瓣，风又吹来再掉几片花瓣，它们会在等待什么吗？没人告诉我。

我与落落妹妹及几个知交好友待在一个聊天室里，那个聊天室就叫“吃花部落”——老哥取的名字。当初是一个其他的玩笑，但是在“吃花部落”那个窗口，落落对我说：“我的处女作玉兰花饼很好吃嘎。”

我的眼睛都绿了，她如今上班离我忒远，怎么办呢？只能眼巴巴问她：“怎么做的呢？”

她说，用糯米粉和面粉，两斤糯米粉、三两面粉。糯粉用开水揉，面粉用温水揉，滴少许油，打两个鸡蛋，调好后和到糯米粉中，再揉均匀。馅可以按自己口味，她用的是肉，香菇榨菜，像做团子那样做好，然后稍稍压扁，变成一个饼状，用平底锅放几滴油，煎一下就好了。来时她又说："对了对了，最重要的居然忘记了……那个花瓣洗净剁成碎末，和粉一起揉哈。"

这么麻烦。我可怜巴巴地叫道："妹妹，还是把你做的给我吃点吧？"

她说好的好的，可是要等下一次了。

下班回家，做珍珠玉丸，上屉蒸上，就带小狗罗少出门。才走到玉兰花树下，脸就被落花吻了，一时痴心，就呆站在树下等花落，落一瓣捡一瓣。刚刚下过雨，花瓣湿润，微有愁意，很快捡了一大把在手上。跑回家寻了一包水磨粉，也做玉兰花饼。落落的小资玉兰花饼就像她人一样，洋气上档次，我就做我的简易乡村版好了，一是为了方便，二是觉得玉兰花的甜香配糖才好吃，于是揉粉，在平底锅用黄油煎上，肉丸熟时，玉兰花饼也大功告成，模样虽平实，口感却又软又香，引得罗少在边上吵吵嚷嚷，眼睛亮亮的要求分享。

荠菜馄饨

春天收到请柬，女孩子的十六岁成人礼，请我们一家喝酒，地点在“本宅”。

我的车跟了她的车，一直往前开，过了紫金桥，路越开越窄，风景越开越好。乡村宁静，她的小别墅门口是一条清澈小涧，身上长满藤蔓的树，七七八八地挤在一起。

乡下客气，吃过午宴还有晚宴。下午的时光，大家便坐在条凳上聊天等待。侄女道:“小溪河那边空气可好，树林里还长过几个碗口大的灵芝呢！”

实在无聊，就带了女儿往曲曲折折的小土路上走。过了溪桥是一片林子，然后豁然开朗，田园清爽，阡陌交通，远处屋舍俨然，宛若桃源。路边桑树地里开着零星的白花，是荠菜花。反正闲着也是闲着，于是找了两把剪刀教女儿挑荠菜。往桑林深处走，一片蒿菜地里，鲜嫩的荠菜夹杂在蒿菜中长得生机盎然。小胖还不太认识荠菜，她找的全是已经开了花的老荠菜。

回家后理干净了，也不拌肉，只将前些天自己挤的鲜虾仁拌了，再加上少许春笋榨菜，包馄饨。煮好的荠菜晶莹剔透，隐隐约约透出绿色的馅，咬一口又鲜又香，好吃。

又煮了一锅，煮久了，馄饨皮破了，变成了荠菜面皮汤。

吃 货

慧妹妹是个超勤快的人，会在她家的玻璃房里腌上个大猪头。每年春光正好的时候，我都拖了小胖上她家拆猪头喝红酒。她腌的猪头，不咸不腻，鲜香入骨，味道真是无与伦比，说起来从前我从不吃猪头的，居然一吃成瘾。

大凡同一件事重复多了就会成为习惯，今年快到五月了，居然还没有接到邀请我们吃猪头的口头请柬。有一次与妹妹正品着好茶，谈着风雅的话题，我突然想念猪头，冷不丁打断她的话直愣愣问：“你今年没腌猪头呀？”

她大笑：“姐姐今年吃得晚了呢！”

终于受邀吃猪头时，已是暮春。席间有她老师，我师兄，满满一桌菜，哪里吃得完。因她厨艺出众，我们吃了她的，又各自挑了喜欢的菜打包回家。

那天我没喝酒，喝的是她与她与她家小胖自榨的橙汁和苹果汁，很不错，于是心血来潮，觉得我也要添个榨汁机才好。

我家老娘最怕我往家里拖东西，我小姐妹瑛也会往我家里拖。目前家里有食物料理机、豆浆机、炖盅蒸锅类若干，买时心血来潮，只是买回来后用上几回，然后打入冷宫，也有买了回家从没用过的。

知道自己是个没长性的人，但是你想想，有个榨汁机多好啊，老妈年纪大了，咬不动水果，这样就可以多吃新鲜水果了，家里原有的机器榨汁也太麻烦。买了新机器第一天榨汁，榨了苹果汁与梨汁各一扎。女儿虽不爱吃苹果，这回成了汁，哄她喝总容易了吧？谁知她只喝了一口，便道："妈妈你知道我不爱吃苹果的。"

第二天变换策略，放了一个苹果、一个梨、一个西红柿、一条黄瓜、一个甜瓜、一个橙，榨了一扎果汁。吃一口也不知道是什么味道，给女儿倒了一杯："嘿嘿，这下你还怎么嫌这嫌那？"

女儿在楼上画画，巴巴地送上去。她才喝了一口，又挑剔道："妈妈你要记住，黄瓜和番茄相克的，以后不要放在一起吃。"

居然能吃出来有黄瓜和番茄？我吓一跳说：“你怎么知道有黄瓜和番茄？”

她道：“多么浓的味道呀！”

我说：“那么还有什么水果在，能吃出来吗？”

她喝了一口，说：“苹果和香瓜。”

我说:“有六种水果。”自己也喝一口，又问我老妈:“你能喝出有什么？”

正在喝的老妈怔一怔：“不知道。”

女儿又喝一口，笑眯眯道:“还有梨和橙子。对不？”

我大叫：“为什么全能吃出来，你个小东西，是个什么精怪啊！”

她继续笑眯眯地说：“我是个小吃货，嘿嘿。”

荷叶荷花粥：当夏季成为往日

天突然有了凉意，天空明净疏朗，雁阵漫不经心地集结待命。在假日里，母亲提醒我收拾起丝绸的夏衣，柔软丝滑的衣服流过我的手指，像轻浅的水，也像无言的慰藉。想到夏季就要完全过去，突然有了些许黯然与伤感。

一个季节又一个季节，一年又一年。怎样可以留住这一个夏天的记忆，留待在生命里惊鸿一瞥？

荷花开始萎谢，在菜场时时可见卖莲藕莲蓬的农民。他们会捎带着新鲜的荷叶或者半开的花，斜斜地插在担子上，这是农桑人生的无限诗意。向他开口讨要了或者象征性地花上一两块钱买下，就可以做一小锅荷叶粥或者荷花粥。

我在菱湖时开始做荷叶粥，因为女儿喜欢。很简

单的做法，却极讨巧。浅绿色的粥，色相可人，香泽微闻，入口滑嫩，总是深得喝粥之人的嘉许，于是做了一年又一年。荷叶味苦性平，色青气香，可以生发元气，补脾胃，也可以清暑、解热。还有一个重要的功效：减肥啊。还有，如果外出吃饭多喝了一杯，胃中翻腾，暖融融地喝上一小碗荷叶粥，像可心人直入心脾的妥帖之爱，心中顿时清明，最是适意。要是有爱人一小勺一小勺地喂下，人生又夫复何求？

我不像人家用刀切碎了荷叶煮粥，因为荷叶并不好吃。我的小窍门是：在煮薄粥之时，在粥上覆盖整张新鲜的荷叶，粥煮好后，轻轻掀起扔掉，此时粥是淡秋香绿的，香的，配上可口精致的小蔬菜，定让你惊艳。

当然在荷叶之下除了白粳米之外，银杏、白扁豆、芡实、西米、绿豆赤豆……美丽的配角们可以轮番上阵。

荷叶粥是清淡的、恬静的，不放任何佐料，米也是普通的白粳米，像隐居山中的处士，而荷花粥娇艳入眼，养了眼更润了心，恰如幽谷佳人。荷花性温味苦甘，具有活血止血、化瘀止痛、消风祛湿、清心凉血、补脾涩肠、生津止渴等功效。据说荷花还有美容的效果，所以特别适合女人喝。

既然适合女人喝，香草美人，自然花样要多一些，色彩也要多一些，心思也要多一些。

煮荷花粥，要加少许糯米，加入莲子、红枣等干果，有时我还加入一些切得合适、颜色合适的蜜饯，煮得稍稠一些，当耳边听得咕嘟咕嘟的煮沸声音，粥的香气慢慢浮上来之后，才可以将切得细细的粉红花瓣悉数投入锅中，再稍稍煮一下，用细瓷小碗盛了，等凉一些再放入少许蜂蜜，便大功告成了。

煮时放入冰糖也可以，怕甜的不放当然也可以。

寻找六星级酒店

寻找六星级酒店，是因为我想改行；我之所以想改行，是因为女儿的一句话。

下班回家，急匆匆准备饭菜，虽然只挑简单的做，但菜全端上桌时额上已经有汗珠。盐水虾、雪菜白鱼、苦瓜炒肉片、凉拌藕丝，看上去很清爽。

女儿有一个大大的优点——不挑食，即使每天同一个菜，即使全是素的，她也会吃得开开心心，这就成全了我这个懒婆娘，老是不小心这天那天买些相同的菜肴回家。

吃饭时女儿一叠声地说："好吃！好吃！"然后分别给我与母亲布菜："这个苦瓜真好吃！吃吃看啊。"

女儿边吃边问："妈妈，做这个菜有什么诀窍啊？怎么这么好吃呢？你放了什么啊？"我笑："就这样啊！

没有放什么。”

她又吃一口藕丝：“好！好吃！嗯，有花生酱对不对？醋呢？还有……嗯，好好吃。”

我忍不住笑：“好好吃，别贫嘴！”

她吃完饭说：“我能不能全包了啊？”

我看看饭也吃得差不多了，说：“好啊！”

她风卷残云般吃完了苦瓜炒肉片，一边吃还不忘记说好吃。

我说：“凉拌藕不吃哪？”

她笑眯眯道：“现在还不能吃别的东西，我要让苦瓜肉片的清香和美味留在嘴里回味的。”

我说：“藕你不吃我倒掉喽。”

她急了，三口两口解决了藕丝。还不肯走，对我认真道：“妈妈，你不应该当公务员的，你当公务员太不值得了，太浪费才华了！”

我诧异：“不做公务员我还能做什么呀？”

她说:“当厨师呀！妈妈你是天下最出色的厨师啊！只要你在哪个大酒店里做菜，保证他们天天订不到包厢。搞不好会有人因为订位子排上一年的队呢！”

嗬嗬！她又说：“你起码要到六星级酒店当厨师啊，五星太低了，请不起你的！”

我哈哈大笑："我不会做什么菜啊！"

她说："就一个'苦瓜炒肉片'就可以了嘛，打遍天下无敌手啊！"又说："我运气好啊！做您的女儿，明天再做这个菜给我吃啊！"

我被她哄晕了，恨不得立即跑上街去，马上去买苦瓜，看看天色已晚，只得作罢。意犹未尽，看看小小的厨房真是让人心情愉快，做给这样可爱的人儿吃，热点、辛苦点算什么?

小胖熊就是这样养成的。

水　蒸　蛋

下班回家做饭，看到碗中一个打破的鸡蛋，想到女儿百吃不厌水蒸蛋，老是叫我老妈做，遂放盐打匀，放入切成末的春笋，又放入橄榄油，开水一冲，放入微波炉一转，大功告成！

吃饭时女儿看了看我做的水蒸蛋，笑道："妈妈你做的什么呀？这么难看？"

我看了看，样子的确不怎么样，就说："怎么越长越笨？连水蒸蛋都不认识了？你不是喜欢吃吗？样子好不好看有什么关系，好吃就可以了！"

女儿懒洋洋地吃一口道："样子不好看，味道也不怎么样。你什么时候吃吃奶奶做的？"

为了让我长长见识，第二天女儿就央我老妈蒸了一碗，蛋是放在盘子里蒸的，金黄的鸡蛋吹弹得破，在桌上微颤，蛋上面是浅黄碧绿的笋尖和葱花，细小的油花珠子一样地转动。

我心里笑："一样的东西，不过是多了这个色！"女儿笑眯眯地给我布菜："妈呀，你吃吃看噢，学着点吧，平时你也不吃的。"

我吃一口吓了一跳："怎么可以这么好吃！"嫩滑自然不必说，鲜得让人掉眉毛啊！细细的鲜，一直从口到胃，再扩散到每个毛孔中。在盘子底下还有细细一层烤肠，香味扑面而来。

我问母亲："怎么会这么鲜啊？"

母亲笑道："不说火候，只是这蒸蛋的水，我用了干贝、开洋、长裙竹荪、香菇、淡菜、榨菜什么的，先洗泡，再蒸出汁水，就是用这水蒸的蛋。"

我晕倒！这哪里还是什么水蒸蛋嘛！分明是《红楼梦》里的茄鲞！

酿　酒

我是那种百无一用的女人，做家务拖拖拉拉，家里乱蓬蓬的，却喜欢用许多时间做一些杂七杂八、明明可以省掉的事，比如做葡萄酒。

前年小姐妹瑛送来一大桶葡萄酒，说是她母亲做好了让她带给我的……我七八岁开始和瑛一起长大，从小穿过她母亲做的衣服，就像她老在我家骗饭吃一样。那酒，喝了之后感到好吃，甜丝丝的又香又醇，我一次可以喝掉一大碗。此后每天我像一个真正的酒鬼那样饭前喝一碗，喝得脸颊酡红，醉眼迷离，还让家人也喝。十来天后酒瓶告急，我打电话给瑛，她又送来一桶，那是她母亲给她的一桶，她还没喝呢！

喝完后，我不好意思再要，就让她问她母亲怎么做的。回答是："麻烦呢，要是爱喝，明年就多做点给你。"

一时无话。去年夏天，有人在网上教大家做葡萄酒，我兴冲冲地买了一大箱葡萄，边学边做。酒师傅的酒是做在大玻璃瓶里的，我却找了一个古色古香的青花冰纹瓷坛。每天看一看搅一搅，天天闻着酒香，心里醺然欲醉。

临近春节，瑛的母亲带来了两大桶酒，师傅也送我一瓶。自己灌好的一瓶一瓶地放在储藏室里，高高低低一片。我自己做的那么些，酒精度没有掌握好，容易醉，口感和阿姨做的差远了，喝得不多，到现在还有两瓶在。

今年夏天，有一天在果农那儿买瓜，那个老大爷还有十来斤葡萄没卖掉，第二天就要坏，他急得不行，反复问我要不要。我就买回家，洗净沥干破皮发酵，还是做在那个坛子里。今年没情绪，好久没有去理它，任它像个失宠的妃子一样无声无息地缩在厨房一角。

今天突然想起它，打开封纸，一股浓郁的酒香一下子弥漫开来。榨取、过滤、封瓶。在清洗那个坛子时，酒香不断。美丽的青色坛子就像有了芬芳的灵魂，就像在独自微笑。

比起去年为做酒花去的心思，比起每天下班首先去看一看，搅动复搅动，诸如此类的大张旗鼓，今年仿佛在做的过程中没有花什么时间和心情。

虽然没有什么特别的关注，在青瓷酒坛深黑的内心，葡萄们仍然慢慢发酵，慢慢酝酿成酒，像不可言说的爱情在沉默中情丝暗长，像蛹在黑夜里破茧成蝶。

有的时候，我们花很多时间和心情去做一件事，却不一定能够如愿，特别是感情，也许付出过许多，期望也很高，最后却有可能如做坏变酸了的酒；也有的时候，无意回首时却风生水起，生命的喜悦如酒香入怀。

希望能在雪花初落的冬天，与好友共饮花间。

采桂月下

桂花开了，到处种满了桂花树的城市在香气之上浮动。每年的这个时候，我总要采一些桂花腌起来，在冬天吃。泡在冬天暖暖的阳光里，欣欣然沏上一杯桂花茶，细细的甜香在空气中绕啊绕；或者手中捧一只热腾腾的骨瓷碗，精致小巧的水磨粉汤圆雪白雪白，半透明的汤上漂着金色的糖桂花……

只是想一想，就美到了心里。

腌桂花也是有学问的。桂花要当天开的，开到第二天的花，露水一浸，香味就过了气了；但也不能早上摘，没有被太阳照到的桂花，香气像没有打开一样，是不足的。还有就是采的时候要轻，从花蒂下手，不能捏到花瓣，不然拿回家一看，这朵那朵碰过的花就变成枯萎的焦黑色了。

腌桂花有甜的和咸的两种，前者放在点心中，后者用来泡茶，腌时稍不注意，见了空气，满瓶就成了褚色，色香味全打了折扣。农村人家腌的花大部分是从树上打下来的，已经开过了头，所以大都不好。要腌的花儿好，要放上一种柑橘类的当地叫“场子”的果汁，这样不容易坏，香气也长久。

我曾经与一个同事到一个小山村买桂花，那个村具体叫什么名字已忘记了，只记得村前村后山上山下到处全是桂花，一树一树地开着，真是桃源一样的地方啊！村子里的人看到我们去，都远远地看，听说我们要买桂花，就笑嘻嘻地给我们点了一个青砖平房。

平房里面住着一个老人家，贫寒洁净。屋角是一瓶瓶腌好的桂花，桌子上是一大匾烘青豆。桂花很便宜，所以我们买了许多，以至于整个冬天，全办公室的人都在喝我送的桂花。走的时候我们的衣袋里被塞满了沉甸甸的烘青豆。

等女儿睡下，我拿了一只不锈钢小盆，去门口的大桂花树下摘桂花。月亮如银钩，在云层里织锦，采花的手时明时暗，一时便忘记了今天是哪个世纪，我是什么人。

花开得很密，也正是采摘的好时候，唯一遗憾的是，这不是一棵金桂而是一棵银桂。因为这次要送一个姐姐，也因为怕折断了树枝，所以采得很细心。花儿开得实在是好，所以小盆子里很快就有了色香。

夜色寂静，空气芬芳湿润，深蓝的天空中云朵层峦叠嶂，有微微寒意。远处有车灯划破夜空。树影婆娑，路灯一圈圈荡漾开来。

已经很久没有这样和自己在一起了，做着一种有原则有担当的工作，担负着照顾母亲与女儿的责任，每天忙着，紧张着，却从来无法诉说，不开心时也只能不说。甚至，想不说话也是奢侈的。

但是今天可以。安心、平和、宁静，内心美好，充满浪漫情怀。

今年腌制桂花我进行了小小改革，将“场子”换成柠檬。采回来的桂花经清理挑选，将柠檬切成薄片，用小玻璃瓶，放一层桂花，放一层柠檬，用小调羹压实出水，放上盐或蜂蜜，如此再三，最后用柠檬皮封口。一直到12点多才大功告成。一瓶咸一瓶甜，放在冰箱里。

看上去不错，不知吃了感觉如何？

恋上红尘旧事里的糕

古镇南浔。若时光逆转到清末，或到民国初，这个小小水镇占尽红尘繁华。当你走过一个砖雕门楣，也许，那些高墙窗上镶的彩色玻璃，就远渡重洋，来自遥远的欧洲，这是一种让今天的我们无法想象的富有与奢华。如今这一切，却温柔地隐于烟雨，隐于流水，隐于一盘朴素的定胜糕。

定胜糕形似金锭，带着一点点暗淡的粉红色，并不娇艳，却仿佛一夜风雨犹在落花瓣上，隐匿着一丝纯美与忧伤，让人不由心生爱恋，咬一口，松、软、糯，弹性十足，红豆沙微微的甜弥漫开来，桂花的甜香与米的醇香在舌尖交缠纠结，慢慢融为一体，久久不去。

这样美好的点心，宜在重门深院、杏花楼阁之中，对素手红袖、一卷诗书、一杯香茗；但若是寻常庭院、田间陌上，配粗茶淡水、村歌俚语，也是再适合不过的。

更因它是绿色食品，有补中益气、健脾养胃、止盗汗的食疗效果，在江南，广泛地受到眷顾与珍爱。无论富商巨贾还是贩夫走卒，无不陶醉于它的红颜香泽之中，而女人的茶桌上、孩子们的早餐中更是少不了它的身影。

这样粉红色的精致点心，生在这样水软山柔的地方，没有用“桃花甜糕”“杏花香糕”“樱花软糕”之类的名字，而用“定胜”命名，当然是有渊源的。南宋时期，中原积弱，唯有岳飞将军如中流砥柱，捷报连传，广受百姓敬仰，湖州一带正是岳飞屯兵之处，百姓用糯米、粳米、红曲米加上桂花白糖等辅料，精心做成好吃好看又耐饥的点心犒军，取名“定胜糕”，为岳家军祈福。

富有的南浔古镇人曾四处经商，足迹遍布世界各地。遥想当年，游子在千里万里外，所怀念的也不过是家乡一盘定胜糕。

江南最动人的菜

作为一个正宗吃货，我看《红楼梦》，纯属实用主义，光顾着看人家吃什么好东西去了。当看到宝黛一伙妙人儿，手里拿着蟹钳蟹黄，赏着一园子的菊花，还诗兴大发，说什么："螯封嫩肉双双满，壳凸脂红块块香"时，我十分羡慕嫉妒恨，还有馋。

昨个儿在散步的当口，好像闻到了一丝桂花香，立马心心念念地害了相思病，万分思念太湖里的清水蟹了。这怨不得我，中秋都过了，九月快来了，俗话道，"九雌十雄吃湖蟹"么！况且"秋风起，蟹脚痒"。连蟹蟹们都冲动起来了，我算什么？

蟹自古以来是中国人热爱的美馔，苏轼、李渔等大文豪都对此情有独钟。你听李渔说得眉飞色舞："蟹之鲜而肥，甘而腻，白似玉而黄似金，已造色香味三者之至极，更无一物可以上之。"所以吃蟹当然是一件极风雅的事。我一直以为蟹么，清蒸就好，实在没有厨师们什么事，但在尝了太湖文武蟹，兼听了大厨一番话，胜读十年烹饪书，便知之前我吃蟹，是上不得大台面的。

太湖文武蟹，作为宴间男女主角联手闪亮登场，一上桌就艳惊四座，也晃花了我的眼：清蒸的公蟹红袍如火，酒醉的母蟹青衣若染，美哉！一尝之下，公蟹浓厚醇香，肉质鲜甜；母蟹糯滑绵密，回味无穷。一动一静、一文一武、一阴一阳，美味至极。

太湖文武蟹，要选太湖水质清洁区域出产的、四两半以上的雄蟹。蟹爪挺拔，脐背隆起，这样威风凛凛的蟹通常会被称为“蟹将军”。母蟹则选二两到二两半的，背青肚白，饱满油润，光彩照人。太嫩膏不足，太老则不易醉。

所谓清蒸，其实是用淡盐水煮的，相比干蒸，更软，水分与鲜味更足，而醉蟹则要用上好的花雕酒、酱油等调料，腌一个星期左右。当然，蒸也好，醉也好，都有个火候。

我一个馋嘴的外地朋友近来老问：“太湖蟹上市了没？”什么意思，都懂的。民间有个说法：“一盘蟹，顶桌菜。”我准备只用一盘蟹，彻底打发她。

Chapter 6 走 过

天以外的天，世界以外的世界，站在满是尘土的风里，我眺望绝美景色；在错失与分离的怅惘中，我醉心于久别重逢；我离开，我远行，仿佛只是为了重新回到你的身边。

沙上浪尖的人生片断

去嵊泗之前听人说，那儿的沙滩粗到不能落脚，所以就带了两双软底拖鞋去。自上海，汽车上了东海大桥，极目远望是无边的大海，海水是浊黄的，桥孤零零地在海上延伸，仿佛没有尽头，而世界缩小到了只有这车上的几十个人，此刻时间是无限的，空间是无边的，很容易让人产生孤寂感，我感觉很像灾难片的一个镜头，只有空荡荡的等待。

换上海轮后，才看到海水慢慢地清澈起来，慢慢地由浑黄到浅绿，再到海蓝。到了岛上，放下行李，换上泳衣，就直奔金沙滩而去，因为内心期待急切，其间没有任何停顿。在一路疲惫劳顿之后，大海像一个温柔的爱人，接纳了我们。

金沙滩沙质细腻没有杂质，最上面是细细一层闪闪发光的银沙，仔细看时原来是细如沙尘的贝壳碎片，海水微蓝微凉，远处的岛屿黛绿褚红，海浪徐徐而来，如歌如诉，沙滩上和浴场里星星点点的是人与伞。我们只敢在浅水里泡着，任凭海浪一次次地将我们推上沙滩。我透过蓝色的泳镜四处看，天空纤尘不染，沙滩连绵不断，潮水一波一波扑到我们脸上，像来自未知的海底的拥抱与亲吻。

上岸后天色已暗，我才想起是要拍照回去给人看的。慌张地从寄存处取了相机，因为泳衣湿就把摄影包扔到了沙滩上，拍到忘情，沿着沙滩走了很远，居然忘记所有证件还有钱全在包中。等到我想到跑回来时，已经涨潮，远远看到我的包在海潮里漂浮起来，把我吓得半死。哈，包的里面居然还是干燥的，钱物仍然都在。

第二天上午是海上捕鱼与垂钓。想得很好，特别是同去的孩子，充满了向往，可事与愿违，出海时风浪很大，只一出港口就有孩子晕船了。一只船在茫茫的大海上往前开，太阳在云层里时隐时现，一时光芒万丈，一时又云雾蒙蒙，海也阴晴不定，浪很大。一网下去，很不幸地网到了一块大石头，随后我们不能进退，在海面上随波逐流，什么垂钓撒网之类的节目自然而然地取消了。胆小的女孩子们晕得厉害，忍不住大哭，一时鬼哭狼嚎，像极了一只难民船。海是暗绿的，很酷，不动声色，不

是我从岸边看到的样子，有一种压抑与令人胆寒的力量，一种不见底的深沉。从我的镜头里看远处的岛屿上，有浪一个个扑上礁石，随之像白练抛开。

弃网回来，人已经倦极，随后的行程是悠闲自在与松散的，午睡到两点半，自行到另一个海滩，租了遮阳伞与躺椅，散漫自在地在海边消磨了整个下午。这是一个渔民喜欢的沙湾，沙粗一些、硬一些，也黑一些，但人很少，浪很高，沙地上满是漂亮的贝壳。“那样的浪才叫过瘾。”出租司机笑着对我说。

烈日下的干沙烫得像在炉子里炒过似的，可是走到湿润的沙子上时，脚心舒服清凉，让心中也满是舒服。海风习习，微微眯了眼躺在靠椅里，看尘世里的红男绿女在沙上浪尖演绎人生故事的片段，看碧海白浪金沙。这个时候，曾经的一切，全留在了过去。浪太大，我战战兢兢迈进海去，“哗”的一个大浪将我打翻在沙滩上。

第一次枕着海涛入眠，我尚是豆蔻年华，海还是当年的海，人却不再是当年的人，涛声依旧，听涛的心情却不再如昨。我喜欢的是今天的涛声，有了阅历，有过沧桑，所以不再粗糙与轻飘，沉重里藏匿着不懈激情，一声一声打在听涛人的心上。如今这样的年龄，才能细细谛听，听到涛声里的节律，听到千万年来海的等待，是否有人听懂过海的心情?

明月初上，碧海潮生，涛声里有隐隐约约的箫声，脚下的沙滩是温暖而细腻的，远远近近的有闪闪烁烁的灯光与笑语，是赶小海的孩子们。这号称海上仙山的嵊泗也满是红尘温柔，所以，在这样喧嚣又宁静的大海边，会涌动出无边的思绪。

山中一日世上多少年

听上去很长的长假，一转眼就只剩下了回眸时眉梢处一抹残月，真是叫人惆怅。收到萍与风的两个邀约，萍云约我去埭溪山中老虎潭边，听松林风涛，竹山雀鸣，看白云出岫，静水生烟，捎带吃些个野味土菜，果然是个宁静的休闲去处，听起来相当不错。而风却邀我去海宁，看八月十八钱江潮，《江南忆》云：“山寺月中寻桂子，郡亭枕上看潮头，何日更重游？”游了还想游的，自然是好地方，听说潮卷来时千军万马惊涛骇浪，很是壮观。一静一动，皆我所欲也，苦于不能分身，因萍邀约在先，又有点惧怕看潮的人潮，遂决定去山中。

早上接到萍的电话时我刚从梦中醒来，看看离约定出发的时间只有半个小时了，就胡乱地梳洗了，拿了牛奶面包奔出家门。

初秋的路上，知秋的树种开始变黄变红，时不时有色彩鲜艳的落叶飞舞，而绝大部分的绿树仍然郁郁葱葱、浓密而蓬勃，山林层次丰富，色彩明快，一棵一闪而过红色或者黄色的树，风姿卓然，像漫街涌动的人群中突然出现的年轻诗人。

这样的美丽有点残忍：只在即将凋零时，一瞬的光亮与辉煌，之后又归于平凡。但是已经这样美丽过，凋零又有何妨？红颜弹指老，有过刹那风华，便有了好的回忆。相机的好，就是可以在幻境中永远留住这样的美。

午饭一色野味山菜，丰盛自不必说。饭后又足足睡了两个时辰，醒来时日已西斜。踱出房来，看到几个朋友仍在棋牌室玩得开心，就背了相机与两个美女朋友走出门去，沿山脚下的公路慢慢往前走。

山谷里稻田一片金黄，绒绒的，风吹时起伏如浪，农闲季节，勤劳的山里人正好可以整理竹山，砍下来的毛竹梢头也不丢弃，整理脱叶后出售，听说去得远的，会漂洋过海到异国他乡。一路走一路与整理竹梢的山民和村妇闲聊，开着玩笑，我手持一根新砍下来的竹竿乱挥，想起《射雕英雄传》中的打狗棒来，可是狗狗们却安静温驯，伏在自家门前昏昏欲睡。竹竿终英雄无用武之地，只有胡乱地向野竹山花发威。

村庄沐浴在斜阳里，倚山而建的寺庙明亮庄严，风从湖上来，清爽微凉。

还是没有尽兴，三个人又回来开了车到老虎潭去，夕阳的光线更加柔和，斜着，淡淡的金色，蓝天白云笼罩着大片大片的滩涂，远处的岛屿浸在水中，倒影轻摇，层层叠叠，让我想起当时它还是山脉的时候，我站在桥上向远处眺望呐喊时的开心。

沧海桑田，其实不用千年，山川变幻，依然美丽，它只是变化了形态，却不会老去，老去的只是人心，只是我。但风景依然美丽，身边的朋友也依然美丽，所以我依然有美丽的心情。

晃了一天，又吃过晚饭，才在夜色里回家。夜色里的山间与白天变了一个样子，黑黝黝的，既神秘又恐怖，汽车的大灯前只有一条孤零零的路伸向远方。我们这一车的三个女人，终于在一个岔路口迷了路。好在等了一会儿，后面的车终于开了过来，带我们回家。

山中一日，世上又是多少年？

羊卓雍措湖的惊艳一瞬

西藏有三大圣湖，羊卓雍措是其中之一。

早上起来又是雨，一行人走到酒店门口时小司机已经等着。据他说进藏才一个月，还没有去过羊卓雍措湖湖呢。

到纳木措的大部分路是雪山草原，到羊卓雍措湖的路却是陡峭的山路，路边是深渊。偏偏又浓雾四起，十来米外已经看不到了，所以车子战战兢兢地往前开着。幸亏公路宽阔，来往车辆不多，我们在车上，只觉得自己是浸在了一杯牛奶里了。

终于到羊卓雍措湖时，云雾里隐约一脉宝蓝，一眨眼，就什么都看不见了，只是浓厚的白色，身边的人在云雾里也变得遥远。好在我们有的是时间，能等。像在古代，等一个美女从重重帘幕中环佩叮当地一路走近，

因为等待与想象，过程与结局都变得更为美丽。是中国式的美，婉约曲折。

终于风起，云雾在西边的山体上轻纱一样徐徐掠起，薄而轻盈，只留下丝丝缕缕的云絮在风中飘扬，美丽的羊卓雍措湖，终于揭开了神秘的面纱。云像帷幕，只拉开中间那一部分，阳光像舞台上的追光，从云层里照过来，远处雪山如银屏，近处青山隐隐，再近处油菜初实，青稞乍黄，牛羊悠闲，这一切只是为了衬托舞台中心的主角——羊卓雍措湖，它晶莹透明，冰清玉洁。

我想到了一个让人用俗了的比喻：像一块巨大的蓝宝石。透明的冰蓝、深的宝蓝、浅的湖蓝，变化万千又宁静安然，仿佛是一个遗世独立的美人，无论风云变幻，世界为她痴狂，还是阴云晦暗，雨恨云愁，总是不能打动她一丝一毫，也不能毁损她的安静与绝世姿容。“羊卓雍措湖”藏语意为“碧玉之湖”，真是贴切至极。

我们的汽车又往前开，沿着羊卓雍措湖的湖岸开着，走得越近，越是沉醉。那种无法形容的蓝，一直沁入我们的身心，我总是在车上叫：“师傅师傅，给我停一下，我要拍照！”同行的人笑我：“要是听你的话时不时停下来，三天也开不完这个路程的！”

沿湖还有一些藏族村庄，孩子们在村口嬉戏，年轻的女人衣着鲜艳，行色匆忙，而老人们则神态滞重，坐在家门口，像年深月久的树。村庄后面是蓝天白云，以及蓝到极致的湖泊。我们感叹，要是从小生长在这样的村庄，又是另外一种人生了，是幸还是不幸？谁知道呢？

沿着羊卓雍措湖湖边再往上一直到卡若拉冰川，公路开始变窄，牛羊越来越少，天上断断续续下起了冰雨，小司机不认识路，略显紧张。路边有几个藏族养路工，在这样恶劣的天气状况下，兢兢业业地工作着。

终于近距离地看到了冰川，暗黄与纯白相间，如静止的瀑布一样，看上去脉络清晰，动感十足，仿佛只要走几步，就可能触摸到它。但是我们都没有动，高原上稀薄的氧气让我们像背负着难以承受的分量，走动很累。

也没有人大声说话，只是在心中默默惊叹。而只在一刹那，雨过天晴，阳光从层层云彩中直射下来，照在雪峰与冰川上，银光闪烁，亮得像神话中的宫殿。

山峦重叠，山间没有其他游客，在薄暮昏暗的山谷中，静寂得只有云彩分开的声音。往回开时，已经很晚了，山路陡峻，车在盘山公路上急速往下开，突然小司机用一种奇怪的声音跟我们说："汽车的刹车坏了，我刹不

住它。”

车内的空气一下子就像生铁一样又冷又重，仿佛凝结在了一起，汽车还是以很快的速度往前奔跑。

坐在副驾驶上的黄笑嘻嘻地开了口，轻松而随意：“你的刹车没有坏，是因为你老是放在三挡，刹车多了，所以才不太灵便。没事啊，你放在二挡，看到能停车的地方就停下休息一下，一会儿就行了。相信我，我都有十几年驾龄了，本来还想自己开的呢！”

面对危险时黄镇定自若的侧影，就像古代的将军，衬着险峻群山的若明若暗的光线，格外生动。

大家七嘴八舌笑着说：“你开慢点啊，没事没事。”

又开了一会儿，终于到了平地路上，大家才真的松了一口气。小司机告诉大家：“咦，我的刹车真的又好了。”

回到拉萨市，已经是晚上十点。前几天，我与琴琴闲聊，又说起进藏时的种种事情，她说：“还是蛮挂念一起进藏的朋友啊，因为曾经一起经历了快乐与危险，感觉有点像兄弟姐妹了。”

是啊，人生本是淡而无味的，而这样纯蓝明亮的记忆，就像白色雪峰簇拥的羊卓雍措湖，让人难以忘记。

黄果树九月

与寇老师闲聊时，曾听得他夸一款好茶。说到那种清澈明亮又淡至无味的香，老人家悠然神往："和贵州山里的空气一样。" 自此，贵州山里的空气就在我的想象里一直香着。

在天河潭景区，导游带我们三四个人坐一只小船，四周静到无色无味，只有空气里的氧离子直沁心脾，又想起老师的话来。

八月下旬从西藏回来，九月一日出发到贵州看黄果树瀑布，短短的十余天中，还有一个周末忙里偷闲带着女儿跟着小姐妹到西塘与海宁访旧寻景，三次出游皆拖个单反，顾不得撑伞，记不得用防晒霜，人晒得黑黑的，皮肤看上去有烤焦了的糊香。

吸取了到西藏的教训，到黄果树去时，行装精简。

因为是跟团，来去坐的飞机都是晚上的，回来那天，到家已经是凌晨四点。

黄果树瀑布是飞翔着的水。其实在贵州，因为地势的关系，水很少是静寂的样子，它们歌唱着，呼啸着，奔跑着，甚至飞翔着。黄果树瀑布是有灵魂的，洁净而生动的灵魂。

说真的，我不知道怎样形容它们，刚从西藏回来，就拿它们和青藏高原上的水相比，高原上的湖宽厚深挚，让我心境宁静安详，无喜无悲，只是想久久地坐在湖边，一个人坐到地老天荒，任世界沧海桑田，一瞬千年。而贵州的水，活泼地流动，看得见它们神奇的小小的变幻的脚尖，让我忍不住想要追随它们，到天涯海角。我们一个团三十多人，到南江大峡谷时，报名参加漂流的只有五人，三个女的两个男的。三个女的是我与两个同事加小姐妹。因为只有两个男同胞，我与萍两人一个筏子。

全程的漂流分为休闲漂与激情漂两部分，全长八公里。开始漂流时水势平缓，我们嘻嘻哈哈，还后悔没有带上相机臭美一下。谁知水势越来越急，落差最大的时候，我们不是被水扑倒，就是连人带筏尖叫着从水中钻出来。两个人坐在水中，筏子里的水位比筏子外高，开始我还用头盔拼命往外舀水，后来就放弃了这种徒劳无功的努力，感觉筏子随时要翻，所以紧紧攥住筏子边上的绳索，任它向前狂奔。

最可怕的不是激流，而是在激流中搁浅。我们只有一根小竹竿，由我担任掌舵撑船。萍是深度近视，眼镜上全是水，什么也看不清了，能紧紧拉住筏子已经不容易了，难得搁浅时她还常用脚狠踹礁石当动力。很多时候，我力量不够，用尽了吃奶的力气也无法用竹竿挪动我们的筏子，只能从筏子中出来，站在礁石上将筏子拖出来，再推到激流中去。

搁浅的地方总是水流湍急，站在水中，腿上的水哗啦啦的很是吓人。另一只船搁浅时，男同胞出来又拖又推，哗的一下，船就冲走了，吓得女同胞一个人在船上变了脸色哇哇乱叫，最后还是我狠狠推了那只筏子一竹竿，使它卷入激流前靠向岸边，代价是我们这只筏子一下子进入了漩涡中心。所以我们牢牢记住，不能放弃手中的绳索。

下水前我在岸上买了一双蓝色的拖鞋。在搁浅的时候我下来推，刚将筏子推过礁石，下面是一个落差，筏子轰隆一下往下挣，力量极大。我拉不住，脚下一滑，人向前扑，吓得萍在筏子里叫：“抓住绳子啊！”我顺势横着身体扑入筏子，看到我的拖鞋像一条终于自由的

蓝色的鱼，活灵活现地钻到了漩涡下，又从另一头钻出来，飞一样向远处游去，一下子就不见了踪影。

吓得不轻，从此更加小心。

最后，水流渐渐平静，碧如青玉，两岸悬崖绝壁参天，整个峡谷仿佛只有我们两个，后来才知道那个地方水深60米。没有了动力，筏子前进得极慢，她划划我划划，慢腾腾地往前去。终于到了终点，时间已经过去了四个多小时。

在岸边，有人姜太公一样地在高处钓鱼，看到我们两个手忙脚乱地漂过去，就惊讶道："你们是两个女的呀？"我向他们挥挥竹竿，与萍豪迈地笑道："是呀！"

他们说："我们没见到过两个全是女的一个筏子！你们好厉害！"其实我们可以漂得更轻松，有两个北方的男性游客曾经让我们和他们互换一个人，可是我们高估了自己，拒绝了这份好意，就像平时，我们因为种种的幼稚原因轻易地错过了生活中的机会和他人的好意。

从另一个角度看，无论面临怎样的艰难险阻，只要坚持，它总是会过去。

萍安心于我出自水乡，拿着竹竿像模像样。我笑而不言，上了岸才告诉她：“其实我并不会游泳。如果以后还有这样的机会，你是不是愿意再试一次？”她笑着回答：“当然。”

如果以后还有这样的机会，我相信我们会做得更好。

布达拉宫：壮丽的经典

去西藏之前，我听一个姐姐说过，她们进藏时有一个同团的朋友，因为强烈的高原反应而不能外出游玩，一直在酒店休息。在离开拉萨的前一天，体贴的导游拉他到布达拉宫的广场上，想让他亲眼看一眼美丽的布达拉宫，留个影，也算是来过了西藏。但是那个老兄特别不争气，抱着氧气袋，从汽车上软软地一脚踩到广场，竟然又昏了过去。

布达拉宫是一个象征，没有去过布达拉宫，不能算真的去过拉萨。我们到西藏参观的第一个景点就是布达拉宫。听导游说，因为正值旅游旺季，布达拉宫又限时限人，所以黑市门票涨到了近千元。我们因为有当地的朋友，所以非常幸运。

因为高原反应，我与琴晚上只睡了一个小时左右，却一点也不感到疲惫，清晨早早起床，吃过早餐，就跟了其他朋友向布达拉宫进发。

布达拉宫倚山而建，雄伟壮丽，白墙红顶，间杂明黄屋宇，背后是蓝天白云，所有色彩都如此饱和纯粹，满得像要溢出来，不再有明暗对比，一切是那样明亮鲜艳，却又如此和谐，像一块无与伦比的巨大宝石，没有瑕疵，没有阴影，没有污秽，在阳光下闪闪发光，照彻朝圣者的身心。

参观布达拉宫限时一小时，就是走。人很多，路很陡，所以走得很累，室内是不允许拍照的，我们在晕晕乎乎地走，在精美无比的壁画、绣品、佛像之间，在一个个殿堂与灵塔之间气喘吁吁地走。总之，在短短的一个小时内走完布达拉宫，我的感觉是混乱的、强烈的、昏暗的、令人眩晕的。在古代与现代之间、在不同的民族之间、我们匆忙走过，像时间的长河里一片泅渡的叶子。此时此刻，我觉得个体生命如此渺小，而依附在此的爱欲情仇，只要轻轻一拂就能散为云烟。

在六世班禅仓央嘉措当年坐经的殿堂内，我沉吟许久，耳边隐然响起清澈动人的歌声：

那一夜，我听了一宿梵唱，不为参悟，只为寻你的一丝气息。

那一月，我转过所有经轮，不为超度，只为触摸你的指纹。

那一年，我磕长头拥抱尘埃，不为朝佛，只为贴着了你的温暖。

那一世，我翻遍十万大山，不为修来世，只为路中能与你相遇。

那一瞬，我飞升成仙，不为长生，只为佑你平安喜乐。

这是怎样一个多情的少年，这样一个金碧辉煌的宫殿，还不能羁绊他年轻的、向往爱情的心?

从昏暗的屋内走到院中，眺望布达拉宫外，天空蔚蓝，白云悠然，阳光像水一样流动，充满了自由、灵感与幸福。走出布达拉宫重回人间，一路经幡猎猎飞舞，云层之下，远处山脉重重叠叠，远至无穷，而我们的家乡——水软山温的江南、江南家中至亲至爱的人，远在万水千山之外。

拉萨河晚照

飞机在贡嘎机场轻盈降落，蓝得透明的天空下低低地卧着白云，四周宁静得像混沌初开。当我和琴推着行李车走出机场大门，高原明亮灿烂的阳光让我一下子眯上了眼睛。朋友们在机场等候已久。我们还没有反应过来，相机的快门声、哈达的温暖、笑意洋溢的眼睛，蓦然间让我们寂寞的旅程开满了幸福的格桑花。

贡嘎机场到拉萨有一个多小时的路程，车基本是沿着拉萨河走，河滩散漫宽阔，路边一带野花绿树色彩清丽，沿途可看到河滩湿地上牦牛悠闲地吃草，它们的影子静静地衬在白云蓝天之上。

坐在车中，好像并没有像人们说的那样强烈的高原反应。我与琴兴奋莫名，一边小孩子一样不停地说话，一边东张西望看风景。我还有点得意地给同事发了个短信：已到拉萨，基本没有高原反应。

住的酒店正好面对拉萨河，晚饭时，阳光像金子一样地泻在我们桌前。落地窗前的玻璃上，河水的波光隐约可见，而蓝天的蓝，是一脉纯净的水，将我们浸没其中。美景当前，我吃饭的心情被搅得七零八落。主人在热情地推荐牦牛肉、香猪等当地特产，而我食不甘味，只想早早结束晚餐去看拉萨河晚照。也许对我来说，美色比美味更有诱惑力。

吃过饭，简单地收拾了一下，身体好像比想象要坚强许多，只是心率快了点。感觉有高原反应的男同胞早窝在酒店休息了，剩下的几个人便扛了三脚架，提了相机到拉萨河边。沿着河岸往东走了一阵，有一个缺口，可以走到宽阔的河滩上去。

同去的男性朋友带的全是专业的单反，佳能与尼康，还背了一堆镜头及三脚架，只有我是一个入门级的尼康 D80 带着一个 18-135 的旅游镜头。而琴，是一只新买的消费级索尼，刚打开包装，由我教着她使用。我构图色彩光线乱教一通，她居然拍得像模像样。

我抱着我的相机，琴抢着背了我的三脚架，我们慢慢地走到拉萨河边，水流平缓清浅，有人在河边捉鱼。有许多人在散步，一对小爱人在河边嬉戏，还有两个沉思的人面对大河静静坐着，看落日缓缓下潜。

水面一片光芒，又暗淡下去，对面的山上却色彩浓郁，像戴上了黄金的冠冕，天依旧蓝。西边那片天的蓝色里丝丝缕缕地掺杂了胭脂红、明黄、浅灰、淡紫进去，像画完了水彩画刚将调色盘放在清水中清洗的刹那，色彩慢慢相互渗透纠缠，千丝万缕又不着痕迹，光线明亮，从色彩后面返照过来。

我望了一眼站在拉萨河畔的琴。逆光里，她苗条的剪影如此之美。

女孩子笑着打闹着与男朋友离开，沉思者的背影渐渐没入黑暗之中。

河滩上安静下来，天空与水面渐渐转成了灰蓝的调子，随着最后的阳光从对面的山顶悄然滑下。我穿着一件薄毛衣的肩上突然有了很深的凉意，人声渐悄，河水深蓝，深不可测的神秘。我用长围巾包裹了双肩，说："冷了，我们回去吧，别感冒了，要不明天只能打道回府。"

临走前，在向东边河面回头的刹那，我们都轻轻惊叫起来："美啊！"月亮初上东山，明亮美丽得不可正视，月亮后面一带浅蓝月白云层，浓郁厚重，东面山尖的石头被月色溉灌，滋润得像要发光，深蓝的拉萨河面泛着明亮的月光，波涛里闪着点点破碎的金色与银色。渔人

仍在劳动，水中有灯光闪闪烁烁。

我顾不得气温越来越低，重新打开三脚架，跪在河边的石砾上，对着明亮的满月狠拍一气。月亮慢慢上升，更加明亮，有银色的光辉罩在天地之间，水面有细微的雾气。

水声潺潺，远处有隐约的歌声。一切声音，此时全是幽深的蓝。此时我觉得我赴的，是一个隔世的盟约。

百间楼晨烟

小女孩儿时交的忘年朋友安行，因喜欢百间楼檐上的月色，一年前在百间楼龙首张静江后花园处租一临水廊屋，修葺了，一租十年。自此，百间楼边满月之下，便多了些古筝箫笛之音，缭绕不已。

安行发短信道，有大间客房，吃住均是方便，约我们吃茶看景听箫。约了近一年，总是不能成行，眼看天又热了，于是下了决心。

到南浔时夕阳金黄，映照在临河的屋檐上，水上一片流光，五月楝花开得刚好，细碎的紫花儿落满了石桥一角与桥下的水。刚过大桥堍，便听得隐约传来箫声，循着音乐声往前走，愈听愈是悠扬，才转得一个弯，便又看到一棵深紫浅紫开花的楝树云一样罩定一座木栏杆老石桥。从楝花间望过去，石桥后老木格窗内蓝印花布窗帘飘动，吹箫人正是安行。

门开着，便不声不响地走进去上楼，不忍心打断箫声。

安行老房子里的家舒适又现代，却时不时流露出怀旧情怀，临水的长窗边放着画架、乐谱架，许许多多的碟片，我们坐在藤制的桌椅前聊天喝茶，吃饭喝酒，只开一盏暗淡的灯。

正好是月圆之夜，窗外明月照在水上，拌了水上细细的香，静静地，是一朵朵楝花落在我们水一样的心上。月色慢慢移动，照在桌前，给坐着的人披上银色的衣裳。有鱼忽然在水中转身，“哗”的一声，让人疑心是它化成美女上岸了。狗在远处吠了两声，又沉默了。

有花儿落在水上的声音，仿佛。

这样宁静的夜晚，最是适合古琴与箫，所以，安行弹琴吹箫。音符们踮着脚尖，一直在窗外的水面上徘徊不去。从《平沙落雁》开始，到《高山流水》……几乎听完了所有古典名曲，一直听到月上屋脊，夜色过半。

安行说：“这次不弹《广陵散》给你们听，下次吧，我还没有弹得够好。”

窗外据说是隔年的老青蛙开始试嗓，叫了几声，想

必它也是安行的知音。我们住的房间，也是临河，听得到鱼儿游动和青蛙跳的声音。清晨，天还没大亮，我就半眯着眼扛着三角架出门拍片去了。寂静的小镇尚未醒来，空气清冽，刚刚沁出的晨光清新得像初开的花，罩上心来是软软的，又有着丝丝凉意，类似于丝绸衣服带来的温暖。我一手提着三角架，一手拎着相机，走在南浔百间楼外面的大石桥堍，闻香抬头，狭路相逢的是一架开得密密麻麻的金银花树，树后是低矮朴素的屋檐，门上红艳艳贴着一副对联：世上虽有千般好，平安胜过一切福。

浅白如水的两句话，却深藏着人生的大智慧，谁能够真正看得懂?

对于生活，我们会要多少?红尘中的名缰利锁，爱欲情仇，谁又真正能够摆脱?悠然想起《红楼梦》中的《好了歌》，世间的一切，都是虚幻与空无吗?只是，生命如果失了底色，空到了极处，还有什么意义?

我久久地站在桥边，直到淡淡的晨曦慢慢地移到门楣的对联上。

也许我是个没有慧根人的，留恋着这红尘中的爱，牵念着逝去时光里散落的烟霞，执着于眼前所有的一切，累，但是愿意负着，亦并不觉得是苦，即便苦，也愿意。向往着世上千般的好。

而这样的对联，朴素入世，空阔却不虚无，不贪婪、不做作，有超然物外的大气，贫贱不移的高贵，如当头的冰雨，比许多故作高深的道理更让我折服。

生活平静而美好，人生就像这金银花，顺应着季节而花开花谢。

在异乡的晨雾里

乳白色的晨雾只是在窗外轻轻弥散，隔着窗帘的清凉，就惊醒了梦中人。蓬着头发，半眯着眼睛穿衣，整理相机、三角架，胡乱地梳洗，短暂地想起“三生石上旧精魂”这一类的诗句来。如果这是一个前世的邀约，那么我已经来了。

背着沉重的摄影家伙出门，屋外人迹杳然，雾蒙蒙的世界，充满了未知的神秘，心里温热着，捎带着一丝丝微波一样的喜悦，只是一闪，像光。有犬吠断断续续响起，世界一片寂静。

我知道一起出游的人全在我之前出了门，他们像细小的浮萍，沉在了这浮白色的云雾之下。此刻，我一个人，就是整个天下，那样的美丽景色，雾中隐约可见的灯光、山峦，哗哗的水声，全是为我的来临而布置下的美丽盛宴。人生其实只需一瞬就已经足够，此刻无论多么奢侈，我却并不惶惑。我觉得我应当安之若素，因为我知道只是刹那，眼前这一切的确是我的，我一个人的。

昨天晚霞里的坝上，光芒万丈，水声像长笛一样光滑而明亮，而如今，在浓稠的晨曦里，水声清凉呜咽，像忧伤黯然的洞箫。横越好溪的石板长桥，像通往仙界一样突然消失在雾气里，太不真实了。我怎么也不能想象，在昨晚那样淡紫的傍晚，我还在这桥面上走过一会儿。

终于看到了闪闪烁烁的人影在雾气中晃动，拴着的大狗狂吠不已。

人生何处不相逢？有人在叫我的名字，声音在水气里来回碰撞，像一只透明的小手抚摸着我清晨微凉的脸。一点点的朦胧与清幽，很是配这越来越薄的雾。

两个人沿着好溪的水声往前走。油菜花明亮的颜色在雾中也很鲜明，一路景色在淡淡洇开，浅浅的灰黑，是很中国的水墨画。我终于知道了古人为什么要游历。衣衿青青的人啊，隔了无数年，隔了那些薄雾，我已经看到了你飘然的身影。

天光一丝丝照射下来，河川上的薄雾变得明亮而轻盈，拎着相机三脚架的朋友的身影渐渐可见。

阳光在雾中是活泼而好动的，太过明亮，晃着四处乱跑，让我的相机无法捕捉。我偏又没有带偏振镜什么的，只好记在心里。

有的时候，最好的就是不能记录的，那么让我记在心中好了。

去趟芙蓉镇

芙蓉镇本名王村，因刘晓庆在那儿拍了电影而更名。到芙蓉镇时已近下午五点，天渐渐暗下来，而张家界仍然遥远。按理是不应当在芙蓉镇停留的，但体贴的华知道我们几个女人的心，还是将车开进了芙蓉镇。我们先跑去看苗王行宫，但因为天色如烟，乱找乱猜了一通，一直找到河边，却不能确定。

夜色没有过程地落了下来，如一块幕布突然拉了起来，一切变得如同隔了块黑布，静静的沿河路上就几个人在走。天凉，路又湿又滑，走了一会儿，只听得巨大的水声，然后空气中一片湿润，有细小寒微的水雾罩住我们。打开我们的手电，照见光柱后面是一挂奔腾飘散的大瀑布。瀑布上方的岩石据说就是苗王寨，隐隐约约的灯光使一切变得神秘，让我有点害怕。

然后回来，走上芙蓉镇的陡坡的老石阶，一路看着

当地人卖的小物件，一边讨价还价挑选自己喜欢的东西。买空卖空了一堆好玩却没用的物事，我还买了两块黑茶。

行色匆忙，在刘晓庆拍了电影的米豆腐店吃了点米豆腐之类的小吃食，又上车赶路。不认识路，导航仪一直在胡乱说话。夜色里的山路上几乎没有车，更别提灯了，听说这一程路况很复杂，但能看到的只是车灯前永远没有尽头的山路。我们仿佛进入了时光隧道，而远离了人类社会。

不知道开了多久，突然汽车里弥漫了橡胶燃烧的味道，越来越清晰。小心地在路边停了下来，却什么也检查不出来，只能忐忑不安地重新上车。静突然半开玩笑地说："大家随时准备跳车啊！"

空气中有点不安，于是几个人重新调整了情绪，大讲特讲糗事：别人的、自己的，特别是自己从来不肯对别人说的洋相。说着说着，各人都笑得肚子疼，早忘记了车子的事。直回到湖州，华才松了一口气道：总算将你们几个安全送回来了，那天夜里到张家界的路上，我是真的紧张啊！

邂逅夯吾苗寨

与夯吾苗寨相遇凭的是机缘，从凤凰古城到张家界的路上，散落着许多苗寨，古朴神秘，是湘西山水间黝黑的明珠。我们从凤凰城出来，走在一条崎岖山路上。公路上车半堵着，最初的两个小时，只走了二十公里。于是原来计划得满满当当的猛洞河、苗寨、芙蓉镇，全成了可望而不可即的梦想。每当经过一个寨子，去还是不去都成了车上三个女人纠结不已的话题。我们像哈姆雷特王子一样不断地问自己。

尽管如此，我们还是有心情在山路边一个落后的小镇停下来吃饭。饭店后是又深又阔的山涧，一道宽宽的银色瀑布，水清澈幽深，想象中很凉，后面是高山。这个处于荒郊的野饭店，客人却是不少，简陋的店堂都坐满了。我们四个人自作主张地坐在店边一个面向公路的汽车库中，拿出了自带的酒鬼酒，除了开车的男士外，

每人抿一小杯。

一路上海吃胡喝的，吃到湘西最好吃的酸菜鲶鱼却在这不知名的小镇街头。白色的正宗自家做的酸菜，鲜美无比的鱼，好吃到让人抱怨：“实在太少，我们看中的鱼，会不会店家只做一半？而这是最后一条鱼了，想再做一条也已经不再可能。”留下的后遗症是，自这一天开始，我们在湘西的每一餐，都要点酸菜鲶鱼。

吃过喝过，拍拍尘土，告别饭店老板，继续向西。

已经是下午，无缘见到猛洞河美丽的姿容了，但苗寨的神秘还是让我们向往不已。当阳光渐渐倾斜越来越金黄时，我们的越野车终于到了夯吾苗寨寨子前。

刚进寨子，伴着山歌，苗家妹妹击起大鼓，送上米酒，我们几个都是酒鬼，一起叫：“倒满点！”喝着好喝，又要求：“再来一碗！”最后居然自斟自饮，又喝一碗！也不知道吓着人家没有。最后出来时买了一瓶带上，准备晚上喝，结果洒了一半，车上自此一路酒香。

虽然刚刚开发，夯吾苗寨还是处于原封不动的情形下。寨子虽旧，却令人眼前一亮：这儿的女孩子太漂亮了，肤色白皙，眼神纯洁清澈。静笑道：“我们还自称美女呢，和她们一比，简直是沾满泥巴的老土豆嘛！”

我也笑:“说是拍《山楂树》要找眼神干净的女孩儿，这儿都是呢！”

我们的小导游也是这个寨子的孩子，蓝衣上绣着花，特别干净的样子。她告诉我们，宋祖英外婆家就在这个寨子，寨子里有个爱唱歌的阿妈，想听歌她就带我们去。

阿妈家在另一座山上，寨子的尽头，走过一个吊桥就到了，灶间四面透风，屋里陈设简单，我听着苗歌，看着笑眯眯的老人家，心中却有点酸楚。告别时老人家一直送出家门，挥手告别。

小导游邀请我们到她家喝茶，她母亲亲手采的茶很香，我们谢过。她甚至邀请我们到她家住一天，可是阳光越来越斜，告别的时间已经来临。我们匆匆忙忙告别，在暮色中回首苗寨，只见它慢慢地沉入夜色中，而沿寨的一条河流，在夜色里如缎带一样闪闪发亮。

洪江镖风里

站在湖南怀化的洪江古城中，三千年的时光仿佛只在楼角一闪而过，我布衣长裙掠过空落落的寂寞古城，石阶间蔓生的草、老屋里表情漠然的面孔、斑驳的墙角上砖刻的蝙蝠……我寻寻觅觅，试图寻找与它们千年间的细小因缘：若是无缘，我怎么会奔波千里来到这如此陌生的地方？可是我又能找到什么？

中午出发，我们走了930公里。从浙江湖州到湖南株洲，放下行李，吃过丰盛的湘菜后，又夜游湘江，子夜的湘江雄浑的涛声犹在耳畔，清晨又赶了400多公里来到怀化洪江。

洪江古城历史悠久，自古就是驿站、商埠，有烟火万家，有鼎沸人声。

而如今空寂的巷子里回响着空洞的回声，高耸入云的古树落叶纷纷。曾经这里有过会馆、钱庄、油号、洋行、作坊、店铺、客栈、青楼、报馆、烟馆、税务局……一切只剩下了一只壳、一个茧、一段无从记起的回忆。走在这让人忘记年月的老街和老屋之间，屋子里的人们的脸有不可言述的陈旧感。天色阴沉，我不知道这是什么朝代？我又是谁？

走着走着，有一条街道全是青楼，街道高低不平，陈旧又鲜艳的彩旗招展着。天色阴暗，隔了无数年代，我仿佛看到这儿曾经的脂粉芳泽，衣香鬓影。在这条窄小幽深的小街道上，那些曾经有过年轻的女子，风尘如寄，她们曾经会有怎样的心事？是否也曾爱过、伤心过？

我们在镖局、厘金局等旧址嘻嘻哈哈拍照留念。曾经这里，有过谁，一骑绝尘或风云相守，护卫着一句承诺？

所有一切，散为云烟，遥不可闻，只有身边走过的人，在下午淡漠的天光中，在灰黑的弄堂里，亦真亦幻。

然后离开，这样的时光。